# PARDONNE MOI

# LIVRE PREMIER

## *LES JUMELLES*

Nom de l'auteur: Myriam P. Sanon
Conception de la couverture: https://publish.sweek.com
ISBN: 9789463985109

# CHAPITRE 1

*15 Mars 2010*

Sophie somnolait sur la terrasse de sa villa à Miami. Elle était venue chercher un peu de fraicheur. Il faisait vraiment très chaud cet été. Elle portait une robe à fleurs, courte, légère; juste ce qu'il faut par ce temps. Le livre qu'elle lisait était ouvert sur ses genoux. Ses longs cheveux noirs ondulaient sur ses épaules. Elle ouvrit ses beaux yeux noisette quand le téléphone se mit à sonner à l'intérieur. Elle soupira.

- On ne peut jamais avoir quelques minutes de tranquillité, murmura t'elle

Elle se leva, et marcha calmement, pieds nus, vers le téléphone. Elle décrocha.

- Allo ?
- Sophie ? Sophie c'est toi ?
- Maman ? Quelle surprise ! Je croyais que tu avais perdu mon numéro ! Tu te souviens enfin que j'existe ?
- Sophie, il faut qu'on parle…

- Pour que Madame Clémentine Valentin daigne m'appeler il faut que ce soit grave. Alors ? Que me vaut ce plaisir ? Je t'écoute.
- Non, pas au téléphone, il faut que tu viennes.
- Qu'est ce qui est si important qui nécessite ma présence ?
- Oh mon Dieu… c'est ta sœur… elle éclata en sanglots.
- Calme-toi maman. Et puis, pourquoi tu me parles de ma sœur ? J'ai été très clair quand je t'ai donné mon numéro. Je ne veux pas en entendre parler !
- Sophie écoute… c'est horrible, dit-elle entre deux sanglots, elle…est morte… faut que tu viennes…
- Qu'est-ce que tu dis ? Qu'est-ce qui s'est passé ?
- On t'expliquera. Tu viens n'est-ce pas ? J'ai besoin de toi.
- Bon. Est-ce que j'ai vraiment le choix ?
- Tu arrives quand?
- Dès que possible maman. J'ai des tas de trucs à faire avant. Je ne peux pas me déplacer comme cela. J'ai un business à gérer moi.
- Ok. Mais fais vite. Faut qu'on parle chérie.
- Bye.

Sophie coupa la communication. Nouveau soupir. Elle descendit les escaliers, se rendit à la cuisine, se servit un verre de vin qu'elle but d'un seul coup et se laissa tomber sur une chaise.

- Comme cela Sophia est morte, pensa-t-elle. Il n'y avait que cela qui pouvait pousser ma mère à m'appeler. Sa très chère princesse est morte !... Devrais-je me réjouir ou pleurer ? Ce n'est pas comme si sa perte me faisait quelque chose. Quand je pense à tout ce qu'elle m'a fait je devrais me réjouir non ? Je ne vois pas en quoi ma présence est indispensable. Ils ne peuvent pas organiser des funérailles sans moi ? D'un autre côté, un peu de vacance me ferait le plus grand bien. Cela fait longtemps que j'aurais dû y aller. C'est vrai que j'ai été aux funérailles de papa mais ça ne compte pas, je ne suis resté que 3 jours... Qu'est-ce que je décide ?

Elle fixa quelques instants le verre vide qu'elle avait en main. Elle monta à l'étage et se rendit dans sa chambre. Elle prit son téléphone portable et appela son assistante.

- Michelle ?
- Oui Madame Addison ?
- Je pense qu'il est plus que temps que je prenne des vacances.
- Vraiment madame ? Vous n'avez pas fait cela depuis... en fait je ne crois pas que vous ayez jamais pris des vacances ! Vous en avez vraiment besoin.

- Annulez tous mes rendez-vous. Je prends un mois de congé. Trouvez-moi un billet d'avion pour Haïti. Je rentre chez moi.
- Bien sûr madame. Je m'en occupe tout de suite madame.
- Je sais que je laisse l'agence entre de bonnes mains. Occupez-vous de tout pendant mon absence. S'il y a un problème quelconque n'hésitez pas à m'appeler … à n'importe quelle heure, d'accord ?
- Oui madame. Vous pouvez me faire confiance. Je vous envoie le billet dans l'heure. Bon voyage Madame Addison.
- Merci Michelle.

*2 jours plus tard.*

Sophie gara la voiture qu'elle a louée devant la barrière menant à la maison de ses parents. Elle descendit, pressa la sonnette se trouvant sur le mur et attendit qu'on vienne lui ouvrir.

- Oui ? C'est qui ? demanda une voix

Le judas de la barrière s'ouvrit et deux yeux noirs regardèrent à l'extérieur. Il y eu une exclamation.

- Mademoiselle Sophie!

La barrière s'ouvrit lentement et une vielle femme noire aux cheveux blancs apparut, le sourire aux lèvres. En voyant cette figure familière et chaleureuse, Sophie sourit elle aussi et enlaça la vieille femme avec fougue.

- Samantha ? Tu travailles toujours avec ma mère ?
- Bien-sûr mademoiselle. Où voulez-vous que j'aille ? Qui engagerait une vieille femme comme moi ? Et vous mademoiselle Sophie ? Vous vous êtes enfin décidé à rentrer à la maison ? il était temps ! Faut dire que vous nous avez manqué par ici !
- Cela tu vois, j'en doute fort.
- Ah… fallait voir mademoiselle… la maison était comme vide. Il n'y avait plus de vie.
- Je ne suis pas rentrée comme tu dis. Je suis juste là pour les funérailles de ma sœur. Ensuite je m'en vais.

Sophie se retourna vers la maison. Un étau resserra son cœur pendant qu'un flot de douloureux souvenirs remontèrent à la surface. Elle passa une main dans ses cheveux. Qu'est-ce que je suis venue faire là ? pensa-t-elle.

- Je monte les bagages dans votre chambre Mademoiselle ?

- Hum… Non. Et ne ferme pas la barrière, je ne resterai pas longtemps dans cette maison.
- Mais pourquoi ?
- Tu sais bien pourquoi Samantha.
- C'était il y a longtemps tout cela ! Vous verrez, Madame Clémentine a bien changé depuis votre départ. Et puis où irez-vous ? Cela fait tellement longtemps que vous avez quitté le pays !
- Les hôtels, cela existe tu sais.
- Mais… mais… j'ai passé plusieurs jours à nettoyer la maison de fond en comble pour vous accueillir ! J'ai fait tout cela pour rien ?
- T'as toujours été bonne pour moi Samantha, mais… pour notre bien à tous, il vaut mieux que je ne reste pas trop dans cette maison.
- Ok, je comprends.
- Elle n'est pas là ma mère ? Pourquoi est-ce qu'elle n'est pas venue m'accueillir ?
- C'est que, se déplacer est devenu si difficile pour elle. Je l'ai installée au salon.
- Comment cela?
- Vous verrez vous-même.
- Bon, allons-y

Elles gravirent ensemble l'escalier menant à la maison. C'était une grande bâtisse blanche de style coloniale. Elles franchirent la porte d'entrée. Samantha précéda Sophie dans le couloir et tourna à gauche et ouvrit la porte du salon. Une vieille femme était assise sur le canapé et regardait la télévision. Il y avait un fauteuil roulant près du canapé. En entendant la porte s'ouvrir elle tourna la tête pour voir qui c'était et sourit.

- Sophie c'est toi ? Tu es venue…
- Maman ? Mais qu'est ce qui t'est arrivé ?
- Ah tu sais… La vieillesse…
- Ce n'est pas seulement la vieillesse cela. Maman, comment se fait-il que tu sois si… si…
- Diminuée ? dit la mère. Je n'ai pas vraiment envie d'en parler.
- Maman explique. La dernière fois qu'on s'est vu c'était bien aux funérailles de papa non ? C'était… il y a 7 mois de cela si je me souviens bien ? Qu'est ce qui s'est passé ?
- Sophie s'il te plait… Tu sais bien que je n'aime pas parler de mes malheurs… ce n'est pas pour cela que je t'ai demandé de venir.
- Bon très bien… Samantha… Explique-moi.

Madame Valentin regarda la vieille servante avec un air de supplication dans les yeux mais cette dernière fit comme si elle n'a rien vu. Elle répondit :

- Eh bien. Elle a fait une poussée de tension après la mort de monsieur votre père. Elle a perdu l'usage de son côté gauche.
- Mais j'étais là pour les funérailles de mon père. Elle allait très bien.
- C'est arrivé juste après la visite de votre défunte sœur.
- Quoi ? Sophia est venue embêter ma mère ? Qu'est-ce qu'elle lui a fait ?
- Je ne sais pas mademoiselle ! Je n'étais pas là et elle refuse de m'en parler.
- Ok. Et qui prend soin d'elle ? Toi ?
- Moi ? Je suis bien vieille ! Comment ferais-je pour la déplacer ? Non, il y a une dame qui vient tous les jours. Elle lui donne ses médicaments, lui fait des massages, des trucs de ce genre quoi. Le jardinier aide aussi quand il faut la déplacer. Madame Clémentine a récupéré un petit peu depuis son attaque. Elle peut même faire quelques pas ! Pas toute seule et c'est douloureux mais elle y arrive. Mais elle ne peut toujours rien faire avec sa main gauche.
- Mais pourquoi elle ne m'a rien dit de tout cela ?
- Elle à sa fierté ! Je vous laisse discuter. Mais, mademoiselle Sophie, ne la fatiguez pas trop, elle est fragile vous savez ?

Sophie eut, un instant, pitié de cette femme qui était assise devant elle. Elle avait l'air tellement frêle. Elle n'était plus la femme fière d'autrefois. Mais ensuite elle se rappela tout ce qu'elle a subi dans cette maison et son regard devient dur comme de la pierre. Elle prit une chaise et s'assit à côté de sa mère. Samantha sortit discrètement de la pièce.

- Bon, tu voulais que je vienne, je suis là maman. Qu'est-ce que tu me veux ? C'est pour organiser les funérailles ? Je suis sûre que tu connais plein de gens qui seraient heureux de s'en occuper à ta place. Alors ? Pourquoi suis-je là ? Qu'est ce qui était si important que cela nécessitait ma présence ?
- Sophia m'a donné une lettre quand elle est passée à la maison, après la mort de ton père. C'est sa lecture qui m'a mise dans cet état. Elle m'a tout expliqué là-dedans, tout ce qu'il fallait que je sache à propos du passé, tout ce qu'elle t'a fait. C'est la dernière fois que je l'ai vu vivante.
- Et alors ? Elle t'a confessé ses péchés avant de mourir. Qu'est-ce que tu veux que cela me fasse ?
- Oh Sophie… Je suis tellement désolée ! Si seulement j'avais su…
- Si tu avais su quelle peste était ta fille cela aurait-il fait de toi une bonne mère ?

Tu aurais simplement fait à elle ce que tu faisais à moi !

- Pardonne-moi ma fille ! Je n'aurais jamais dû agir de cette façon. J'aimerais tellement pouvoir revenir en arrière…
- Je ne veux pas de tes excuses ! Cela n'effacera jamais tout le mal que tu m'as fait !
- Mais qu'est-ce que j'ai fait de si mal ? Je comprends que tu puisses en vouloir à ta sœur après tout ce qu'elle t'a fait ! Mais moi ? Pourquoi m'en veux-tu après toutes ces années ? A part quelques fessées quand tu étais petite, qu'est-ce que j'ai bien pu te faire ma fille ?
- Qu'est-ce que tu as fait ? Tu avais dit que tu allais m'envoyer dans un couvent pour m'enseigner les bonnes manières. Tu te souviens ? A la place qu'est-ce que j'ai eu ? Maman, savais tu seulement où j'étais ? Te souciais-tu de ce que je devenais ?
- Cela n'avait pas d'importance à l'époque. Je voulais que tu deviennes une fille bien.
- Une fille bien ? Maman ! J'ai atterri dans une petite maison à la campagne, je menais une vie misérable. On me traitait comme une esclave, on me donnait à peine de quoi me nourrir. Une fille bien ? Vraiment ? Mon éducation se résumait à cela maman ! Je n'avais même pas le

droit d'aller à l'école ! Et tu me demande pourquoi je t'en veux à ce point ? Tu te rends compte de tout ce dont tu m'as privée ?

- Oh mon Dieu ! Sophie je suis tellement désolée ! Je ne savais pas... on m'avait dit qu'on te traiterait bien !
- Tu ne pouvais pas savoir vue que tu t'es débarrassée de moi maman ! Dès que j'ai passé ta porte, je n'ai plus eu de nouvelle de toi. Pas un seul appel, ni une seule lettre ! T'es même jamais venue me voir en 10 ans ! 10 ans maman ! J'ai perdu 10 longues années de ma vie à cause de toi ! Et tu me demandes pourquoi je t'en veux ? C'est clair que tu te souciais pas mal de moi, de ce qui pouvait m'arriver, des traitements qu'on m'infligeait là-bas !
- Pardonne-moi chérie !
- Tu sais ce qui me fait le plus mal dans tout cela ? Ce n'est pas les mauvais traitements que je recevais chez toi, parce que tant que j'étais là, j'avais toujours l'espoir que tu changerais d'avis à mon sujet. J'avais toujours espoir que tu finisses par m'aimer. Non, ce qui me fait mal dans tout cela, c'est que tu n'as pas hésité à m'abandonner pour un mal que je n'ai pas commis.
- Je ne t'ai pas abandonné chérie. Tu filais un mauvais coton ! Ils m'avaient dit

qu'ils te dresseraient ! Qu'ils réussiraient là où j'ai échoué ! Si je l'ai fait c'est parce que je t'aime ! C'était pour ton bien !

- Maintenant que tu sais que j'étais innocente comme je te le disais si souvent, cela te fait quoi ?

Les yeux de Sophie lançaient des éclairs. Elle se leva, prit un vase qui se trouvait sur une table à côté du divan et l'envoya sur le mur en face d'elle.

- Cela te fait quoi maman ?! Hurla-t-elle
- Pardonne-moi ma fille ! Je suis tellement désolée !

Elle regarda avec dégout cette vieille femme, le visage décomposé, qui réclamait son pardon. Tout à coup elle eut l'impression d'étouffer. Elle ne supportait plus d'être dans cette maison qui lui rappelait tellement de mauvais souvenirs. Alors, avant de dire quelque chose qu'elle pourrait regretter, elle se leva, sans un mot et partit. Elle croisa Samantha devant la porte mais n'eut pas un mot pour elle. Sophie ne pensait qu'à une seule chose : partir, loin de cette maison. Elle sorti en trombe, monta dans sa voiture, et disparut à la vitesse de la lumière. Ce n'est que quand la maison fut loin, très loin derrière elle, qu'elle put enfin respirer.

A l'intérieur de la maison, la mère de Sophie pleurait à chaudes larmes. Samantha s'assit à côté d'elle pour la réconforter de son mieux.

- Madame, arrêtez s'il vous plait, vous allez vous faire du mal.
- C'est ma faute, dit-elle entre deux sanglots, c'est moi qui ai fait d'elle cette femme froide et sans cœur…
- Vous vous trompez Madame, elle n'est pas comme cela.
- T'étais pas là, tu n'as pas vu comment elle m'a regardée ! Il y avait tellement de haine et de dégout dans ce regard !

Elle leva les deux mains et cria :

- Oh mon Dieu ! Qu'est-ce que j'ai fait à mes enfants ! Vous n'auriez jamais dû m'en donner ! Je n'étais vraiment pas faite pour être mère !
- Madame, vous devriez vous calmer maintenant. Ce n'est vraiment pas bon pour votre cœur.

Mais Clémentine ne l'écoutait plus. Elle se frappait la poitrine en pleurant. Tout à coup, les pleurs cessèrent, son souffle devint irrégulier. Elle murmura :

- Samantha, j'ai mal… j'ai tellement mal… Elle s'évanouit.
- Madame! Madame Clémentine, réveillez-vous! Madame! Oh Mon Dieu!

La servante la secoua en vain pour la réveiller. Elle poussa un cri, se précipita vers le téléphone qui se trouvait sur une table à coter du divan et composa à la hâte un numéro.

- Allo ! Docteur ? C'est Samantha... Oui, la servante de Madame Clémentine... Oui. Elle a eu un malaise ! Elle s'est évanouie. Je n'arrive pas à la réveiller ! Venez vite !

# CHAPITRE 2

*A l'hôpital*

Sophie entra dans la chambre où reposait sa mère. La culpabilité la rongeait. Quelques heures plutôt, Samantha l'avait appelée en urgence. Apparemment sa mère a fait une attaque juste après son départ. Qu'est ce qui lui a pris de lui parler comme cela alors qu'il était clair qu'elle était très malade ! Elle regarda un instant Samantha qui somnolait sur une chaise à côté du lit. Elle la secoua.

- Samantha, va te reposer.
- Hum... (Samantha ouvrit les yeux) Mademoiselle Sophie ?
- Va te reposer. Tu es fatiguée. Je vais prendre ta place. C'est plus de ton âge tout cela. (Elle fouilla dans son sac et lui donna un peu d'argent). Tiens, prend cela pour te payer un taxi.
- Ok. Merci Mademoiselle

Samantha se leva avec difficulté et se dirigea vers la porte. Avant de partir elle se retourna et dit :

- Le docteur va bientôt venir avec le résultat des analyses.
- Ok. Rentre à la maison maintenant.

Elle la regarda s'en aller en trainant les pieds. Sophie s'en voulue encore plus. La servante est trop vieille pour ce genre d'émotion.

- Je dois faire attention à ce que je dis, pensa-t-elle. Je ne dois pas laisser mes émotions me dominer. Ne serait-ce que pour Samantha. Elle a toujours été ce qui se rapprochait d'une mère pour moi.

Elle regarda cette vieille femme frêle couchée sur ce lit d'hôpital. Elle n'est plus que l'ombre de la mère qu'elle a connue. Elle posa une main sur le bras tout ridé.

- Si je t'avais dit, il y a 12 ans que tu finirais comme cela, tu m'aurais sûrement donné un bon coup de poing maman.

Elle entendit quelqu'un entrer dans la pièce. Surement le médecin avec les résultats, pensa-t-elle avant de se retourner. Son regard croisa celui du nouveau venu et pendant quelques secondes, la terre s'arrêta de tourner.

- Christian ! s'exclama-t-elle.
- Sophie chérie ! Quelle plaisir !

Il la regarda de la tête aux pieds et sourit.

- Oh là là ! Mais tu as beaucoup changé ! Tu es magnifique… Quelle classe !

- Un peu de retenue s'il te plait ! Arrête de me flatter, je ne suis pas ta chérie !
- A qui la faute !
- Pardon ? Tu oublies déjà ce que tu m'as fait ? Tu oublies ce que j'ai vu ?
- A propos de cela, est ce qu'on pourrait enfin en parler ?
- Il n'y a rien à dire que je ne sache déjà. De toute façon, on n'est pas là pour discuter de notre passé. Alors, comme cela c'est toi le médecin de ma mère ?
- Oui, comme tu vois. Il va falloir qu'on se côtoie à partir d'aujourd'hui. A moins que tu ne décides de t'enfuir une nouvelle fois ?
- Premièrement je ne me suis pas enfuie. Deuxièmement, je ne peux pas partir maintenant. Je suppose que je vais devoir organiser les funérailles de ma sœur. Ma mère n'est pas en état.
- Ne t'inquiète pas. Si cela peut te soulager, elle m'a déjà chargé de tout organiser pour elle avant que tu ne viennes.
- Ok. Et c'est pour quand ?
- La semaine prochaine.
- Elle pourra venir ?
- Non. Je ne pense pas qu'elle pourra quitter ce lit. Sophie, j'ai une mauvaise nouvelle pour toi. J'ai eu les résultats des analyses. Ta mère va très mal.

Cette nouvelle attaque lui a été fatale. Elle a peu de chance de s'en remettre.

- Oh mon Dieu !
- On a fait ce qu'on a pu pour elle Sophie. Je suis désolé.

Sophie s'assied sur la chaise à côté du lit. Une larme s'écoula de ses yeux, puis une deuxième, et une troisième.

- C'est ma faute… dit-elle entre deux sanglots… C'est ma faute… qu'est ce qui m'a pris !
- Ce n'est pas de ta faute chérie. C'est la vie c'est tout !
- Tu ne comprends pas ! On s'est disputé tout à l'heure. C'était horrible !
- Son cœur était déjà fragile, il aurait pu la lâcher n'importe quand ! Arrête de t'en vouloir pour une chose dont tu n'es peut-être pas responsable... Sophie, je sais que ce n'est pas le moment mais, il faut qu'on parle.
- De quoi ? Je pense qu'on s'est tout dit.
- De Sophia. Il y a des choses que tu devrais savoir.
- Je ne vois pas pourquoi tu voudrais me parler d'elle. La dernière fois que je t'ai vu, vous étiez au lit tous les deux.
- Ecoute…
- Cela suffit ! Je ne veux plus entendre parler d'elle, c'est compris !

Elle se leva d'un mouvement brusque et se dirigea vers la porte.

- Ce que j'ai à te dire est important, dit Christian, tu ne pourras pas y échapper éternellement !
- C'est ce qu'on va voir dit-elle avant de s'en aller.

Sophie sortit de la chambre et quitta l'hôpital sans se retourner. Une fois dans sa voiture, Sophie regarda vers l'hôpital l'air pensif.

- Incroyable, de tous les médecins du monde, pourquoi a-t-il fallu qu'il soit celui de ma mère ? Tous mes vieux démons resurgissent en même temps… Mon Dieu qu'est-ce que j'ai bien pu faire pour mériter cela ?

Elle soupira, passa une main dans ses cheveux pendant que des souvenirs de leur rencontre lui revenaient en mémoire.

**********

C'était en Juin 1994, Sophie avait 14 ans. Après avoir passé plus de 6 ans dans cet endroit sordide où sa mère l'avait envoyée, la vie lui paraissait bien terne. Son seul loisir était le petit ruisseau qui ne passait pas trop loin de la maison, elle avait le droit d'aller s'y baigner les rares jours où on la privait des

multiples corvées qui faisaient partie de son quotidien. Cette année-là, il faisait très chaud et tous les gens du village venaient s'y baigner. Sophie connaissait tout le monde, c'était un tout petit village.
Il y avait quelque chose de différent. Un jeune homme est venu modifier ses journées bien mornes. Sophie ne le connaissait pas. C'était surement un vacancier. La première fois qu'elle l'a vu, c'était une semaine de cela, il avait débarqué avec ses bagages pour passer l'été avec sa famille.

Ce jour-là, il est venu se baigner à l'heure la plus chaude de la journée. Elle pouvait l'observer depuis les fenêtres de sa chambre. Elle le trouvait vraiment beau. Il était de grande taille, la peau très noire. Elle pouvait voir ses muscles saillir à chaque mouvement. Il n'avait sûrement pas conscience d'être observé. Il se baignait avec un caleçon minuscule ne laissant aucune place à l'imagination. Mon Dieu ! Quelle spectacle pour elle habituée aux garçons squelettiques du voisinage !

Sophie n'avait pas le droit de sortir mais quelque chose d'indescriptible la poussait à aller voir de plus près ce beau spécimen. Alors, elle enjamba les rebords de la fenêtre et sauta à l'extérieur. Elle atterrit sur un tas de feuilles mortes. En entendant le bruit qu'elle n'a pas pu s'empêcher de faire, l'étranger se retourna dans sa direction.

- Je viens de faire une entrée remarquée, murmura-t-elle. Bon, autant aller jusqu'au bout.

Elle se leva, secoua les feuilles qui se trouvaient sur ses vêtements et marcha en direction de ce jeune homme qui l'intriguait tant. Arrivée tout près de lui, elle remarqua qu'il n'était plus un jeune garçon. Il doit être dans la vingtaine pensa-t-elle.

- Bonjour dit-elle.
- Bonjour, répondit-il.
- Je ne vous ai jamais vu par ici. C'est la première fois que vous venez ?
- Oui.
- Alors permettez-moi de me présenter. Je m'appelle Sophie Amélia Valentin.
- Christian Jean-François.
- Enchantée de faire votre connaissance.
- Moi de même.

Ils se serrèrent la main. Elle s'assit au pied d'un arbre et s'y adossa.

- Vous aimez la zone ?
- C'est assez rustique comme endroit et différent de ceux que j'ai l'habitude de fréquenter.
- Vous n'avez pas répondu à ma question.
- C'est pas mal je trouve.
- Cool !

Il y eu un long silence. Elle le reluquait sans façon. Christian commençait à être un peu gêné dans cette situation. Il se demandait pourquoi cette fillette n'arrêtait pas de le dévisager de cette manière.

- Je peux vous aider mademoiselle ?
- Appelle-moi Sophie. Dit-elle, en le tutoyant.
- Bon, Sophie, En quoi puis-je t'aider ?
- T'es différent dit-elle en mettant appuyant son menton sur sa main.
- Pardon ?
- Tu es différent des garçons du village. Tu es beau, grand et musclé, elle sourit, je n'ai pas pu m'empêcher de venir regarder de plus près.
- Je suis flatté. Il lui sourit en retour. Mais je suis trop vieux pour toi. Tu dois avoir dans les 12, 13 ans ?
- 14 ans. Et qu'est-ce que mon âge vient faire là-dedans ? On n'a pas le droit d'admirer un beau garçon dans ce pays ? Je n'ai pas l'habitude moi alors j'en profite. En fait ? tu restes dans le coin pendant combien de temps ?
- Tout l'été.
- Chouette !!

Christian éclata de rire.

- Tu sais que tu es pratiquement nu ? Ce n'est pas que cela ne me plaise pas. Au contraire. C'est même pour cela que je suis venu plus près. Mais les gens dans le coin ne risquent pas d'apprécier. Surtout les maris jaloux. Tu es un beau spécimen qui tenterait n'importe quelle sainte. La prochaine fois met au moins un short d'accord ?

- Merci du conseil Sophie. Mais dit donc, t'as pas froid aux yeux toi ! Tu parles toujours comme cela aux gens ?
- Non ! Je t'ai froissé ? désolée ! Je ne sais ce qui m'a pris. Ce n'est pas dans mes habitudes. Je dois partir maintenant avant qu'on ne remarque mon absence. Pourrais-tu m'aider s'il te plait?
- Pour faire quoi ?
- Je n'ai pas le droit de sortir aujourd'hui alors je ne peux pas rentrer par la grande porte. Ce serait cool si tu pouvais m'aider à grimper par la fenêtre. Je ne pense pas que mes bras soient assez forts pour me hisser jusque-là.
- Pas de problème.

Ils se dirigèrent vers la fenêtre de la chambre de Sophie. Christian lui fit la courte échelle.

- Merci Christian !
- Pas de quoi !
- Je te vois bientôt j'espère ! Et surtout ne vas pas te baigner dans un autre endroit. Il ne faudrait pas me priver d'un spectacle aussi grandiose !

Christian éclata de rire. Il se rendit près du ruisseau, ramassa ses affaires et rentra chez lui.

**********

Sophie démarra la voiture et quitta l'hôpital.

- Ma mère est à l'hôpital à cause de moi, pensa-t-elle. Elle semblait sincère tout à l'heure. Je ne sais pas trop quoi en penser. J'ai passé tellement d'année à en vouloir à tout le monde : ma mère, ma sœur et même mon père, elle soupira. Je n'aurais jamais dû venir. Franchement, je n'ai que faire des funérailles de ma sœur. On a qu'à fouiller un trou dans le jardin pour la mettre. Voir ma mère si frêle, dans ce lit d'hôpital, elle autrefois si belle, si intimidante… la voir dans cet état, je ne l'aurais jamais imaginé, mais cela a remué quelque chose en moi. J'arrive plus à être vraiment en colère contre elle. C'est cette colère qui m'a maintenue en vie durant toutes ces années. Que vais-je faire maintenant ? Qu'est-ce que je vais devenir ?

Des émotions, longtemps enfouis en elle, remontaient à la surface et Sophie avait le plus grand mal à les contenir. Elle sentait un mélange de colère et de rancœur monté en elle. Cela faisait tellement mal qu'elle en eut le souffle coupé. Alors, elle gara la voiture sur le côté de la route, pris une grande inspiration et hurla un bon coup.

- Vous allez bien madame ? demanda un passant.

Sophie expira et sourit.

- Beaucoup mieux maintenant, merci

Sophie démarra et reprit sa route. Les jours qui suivirent, Sophie passa régulièrement voir sa mère à l'hôpital. Celle-ci était toujours beaucoup trop faible pour discuter, alors elle se contenta de lui tenir compagnie. Elle voyait Christian assez souvent et il continuait à exiger de discuter avec elle mais, Sophie ne se sentait pas le courage de faire cela maintenant. Elle ne voulait pas faire face à tous ses démons d'un seul coup. C'était au-dessus de ses forces.

Le jour des funérailles arriva. Il n'y avait pas beaucoup de monde. Seuls sont venus quelques membres de la famille et les rares amis qui lui sont restés fidèles au cours des ans. Il faut dire qu'elle n'était pas de celles qui se font des amis. Quand on la connaissait bien, on la fuyait comme la peste.

Sophie marchait avec les quelques personnes qui ont fait le déplacement, et pensait à ce que les gens pouvaient bien dire d'elle. Depuis qu'elle a appris la mort de sa sœur, pas une seule goutte de larmes n'est sortie de ses yeux. Pour la pleurer il faudrait qu'elle arrive à lui pardonner. Elle lui a tellement fait de mal.

Sophie se secoua. Sa sœur reposait 6 pieds sous terre maintenant. Il était temps de partir. Elle se dirigea vers sa voiture. Elle fut abordée par Christian

- Bonjour Sophie.
- Bonjour Christian. Qu'est-ce que tu me veux ?
- Il faut qu'on parle. C'est important.
- A moins qu'on ne parle de la santé de ma mère, je crois qu'on s'est tout dit.
- Il s'agit du testament de ta sœur. On a rendez-vous chez le notaire demain
- Parce qu'elle a un testament ? Qu'est-ce qu'elle peut bien avoir à me léguer ? Elle a surement dilapidé sa part de l'héritage depuis longtemps. Et pourquoi tu as dit que nous avons rendez-vous ? Qu'est-ce que tu viens faire là-dedans ?
- Cela me concerne aussi.
- Ah oui ? en quoi ?
- Tu sauras demain.
- Je me fous complètement des affaires de Sophia. Pour quelles raisons devrais-je faire le déplacement ?
- Un enfant est en jeu Sophie.
- Un enfant ? Quel enfant ?
- Celui de Sophia. Tu ne sais pas qu'elle était enceinte ? Tu ne sais donc rien des circonstances de sa mort ?

- Je n'ai jamais demandé. Ce genre de détail n'est pas important pour moi. Rien de ce qui concerne ma sœur ne m'intéresse. Ce n'est pas pour cela que je suis venue. Je suppose que tu vas me dire comment elle est morte ?
- Elle est morte en donnant naissance à une petite fille.
- Alors j'ai une nièce. Je sais déjà ce que va dire le notaire. Je vais devoir m'en occuper.
- Tu parles comme si c'était un calvaire pour toi.
- Pourquoi devrais-je me préoccuper du sort de la fille de ma sœur ?
- Tu ne penses pas ce que tu dis ! Cette pauvre enfant ne t'a rien fait !
- Hum… Elle le regarda un instant, l'air de réfléchir… Je veux bien venir chez ce notaire avec toi demain.
- Je passe te prendre à 9 : 00 AM
- Ok.

Sophie monta dans sa voiture et quitta le cimetière. Alors, Sophia a eu une fille, pensa-t-elle. Incroyable ! Même dans la mort elle continue à me harceler celle-là ? Elle ne me laissera donc jamais tranquille ?

## CHAPITRE 3

Sophie et Christian étaient chez le notaire pour la lecture du testament de Sophia. Celui-ci ouvrit ledit document sur le bureau devant lui.

- Bon, peut-on commencer maintenant ? s'impatienta Sophie. Je n'ai pas que cela à faire moi !
- Calme-toi Sophie, dit Christian, inutile d'être impolie !
- Qu'est-ce que j'ai dit ?
- Bon, dit le notaire, nous sommes là pour la lecture du testament de Mademoiselle Sophia Amélie Valentin. Nous sommes en présence du Docteur Christian Jean-François et de Madame Sophie Amélia Addison, née Sophie Amélia Valentin, sœur jumelle de la défunte. Procédons. Je vais lire le testament.

Moi, Sophia Amélie Valentin, en pleine possession de mes facultés mentales, lègue la totalité de mes avoirs, qui après-vente devraient s'élever à un montant net de 100.000 dollars américains, à ma sœur Sophie et au Docteur Christian Jean-François. Je fais d'eux les tuteurs de ma fille

Stéphanie. Je veux qu'ils soient ses parents et lui assurent un avenir serein. Je joins à ce testament une lettre à ma sœur qu'elle lira quand elle se sentira prête.

- Voici la lettre, le notaire la tendit à Sophie.

Elle ignora la lettre. Elle regarda longuement le notaire puis Christian et ensuite, contre toute attente, elle éclata de rire.

- Vraiment ? dit-elle, rien que cela ? Et pourquoi ne pas se marier tant qu'on y est Christian ? Elle se mit debout et arrêta de rire. Tu quoi vraiment que moi, elle éleva fortement la voix, je vais élever ta fille avec toi ? Le fruit de ta liaison avec ma sœur ? La preuve de ta trahison ? Elle ramassa son sac sur la table et se dirigea vers la porte. C'est mal me connaitre !!! Elle partit en claquant la porte.
- Eh bien, quelle sortie ! dit le notaire. J'ai cru un instant qu'elle allait écraser une chaise sur votre tête ! Elle a un sacré tempérament cette fille.
- Croyez-moi si vous voulez, elle n'a pas toujours été comme cela. Quelque chose de grave à dû lui arriver. Je dois découvrir ce que c'est.
- Je vous souhaite bonne chance et surtout n'oubliez pas que le sort d'un bébé est en jeu.

- J'en ai bien conscience. Au revoir

Il prit la lettre de Sophie et s'en alla. Qu'est ce qui t'es arrivé Sophie ? pensa Christian en retournant chez lui. Je ne te reconnais plus... Toi autrefois si douce, si pleine de vie, tu n'es maintenant que haine et désillusion. Ta sœur, elle a dû te faire quelque chose de bien grave. Ce n'est pas seulement le fait que tu m'as surpris au lit avec elle. Cela ne peut pas être non plus le fait que ta mère t'a exilée autrefois. Même à cette époque tu avais toujours en toi cette lueur d'espoir, cette confiance aux gens qui faisait ton charme. Il doit y avoir bien plus que cela.

Peu importe ce qui s'est passé, je t'ai perdu une fois, je refuse de te perdre à nouveau. Je suis sûre que cette fille dont je suis tombé amoureux est toujours là quelque part. Désormais c'est pour moi un devoir de briser cette forteresse derrière laquelle tu t'abrites.

*Quelques jours plus tard.*

Christian frappait depuis quelques minutes à la porte de la chambre d'hôtel de Sophie, sans succès.

- Sophie ouvre la porte, je sais que tu es là. Sophie ! Ouvre !

La porte s'ouvrit enfin sur une Sophie très en colère.

- Qu'est-ce que tu me veux encore ? je ne peux pas avoir un moment de répit ?
- Non. Il faut qu'on ait une discussion tous les deux et je refuse d'attendre plus longtemps.
- Je n'ai pas aucune envie de te parler. Vas - t'en !

Elle fait mine de fermer la porte mais Christian l'arrête avec son pied.

- Si tu oses fermer cette porte je te jure que je la brise ! Tu vas me laisser entrer tu m'entends ?!

Elle ouvrit la porte avec un soupir déchirant.

- Qu'est-ce que tu as à me dire de si important ? Et puis comment tu as su où me trouver ?
- Samantha me l'a dit.
- Ok. Je vois.

Elle s'assit sur le lit. La chambre était tout ce qu'il y a de plus rudimentaire. Il n'y avait pour meuble qu'un lit avec deux tables de nuit et une chaise qui se trouvait sous la fenêtre. Christian regarda autour de lui, surpris.

- C'est là que tu vis ? mais pourquoi ? Tu as une maison fabuleuse à Turgeau!
- C'est la maison de mes parents.

- Elle te reviendra à la mort de ta mère.
- Je ne peux même pas y rester cinq minutes... non... je n'en veux vraiment pas...
- Pourquoi ?
- Trop de mauvais souvenirs. Assieds-toi s'il te plait.

Elle lui montra une place à côté d'elle sur le lit. Christian s'installa.

- J'aimerais bien que tu m'en parles. Quoi que ce soit, cela t'a changé. Je ne te reconnais plus.
- Je n'ai pas envie d'en parler. Qu'est-ce que tu me veux Christian ?
- Tu m'as vraiment manqué toutes ces années tu sais ? Je n'ai jamais pu t'oublier. Quand on s'est rencontré tu n'avais que 14 ans. Tu étais tellement maigre. Tu faisais bien plus jeune que ton âge.
- J'étais surtout très audacieuse.
- Oui. (il sourit) c'est ce qui faisait ton charme. Mais qu'est-ce qui s'est passé ? dit le moi Sophie ! (il lui prit les mains) Je peux peut-être t'aider à le surmonter. Tu sais que tu peux me faire confiance n'est-ce pas ?
- Je sais Christian. Je l'ai toujours su. (ses yeux se remplirent de larmes)
- Parle-moi alors...
- Je ne peux pas... cela fait toujours tellement mal ! Revenir dans ce pays...

revoir cette maison… le bébé de Sophia… tout cela remue tellement de mauvais souvenirs… (les larmes coulèrent le long de ses joues. Elle retira ses mains de ceux de Christian et s'essuya les yeux).

- Qu'est-ce qu'un nouveau-né vient faire l'a dedans ?
- Tu vas enfin me dire pourquoi tu es venu me voir ? demanda-t-elle, évitant ainsi la question de Christian.
- Si je suis venu c'est parce que j'en ai marre d'être accusé d'un crime que je n'ai pas commis. Il ne s'est rien passé entre nous. C'est la vérité et il est temps que tu l'acceptes.
- Je sais (elle sourit) cela fait des années que je le sais.
- Alors pourquoi tu continues à dire ces idioties ?
- Eh bien, il m'est arrivé par la suite des choses tellement horribles… t'en vouloir a été pour moi un moyen de maintenir la tête hors de l'eau… de ne pas sombrer dans la folie…
- Qu'est-ce qui t'a fait comprendre que j'étais innocent ?
- Je te connais depuis longtemps et je sais quel genre d'homme tu es. J'en suis venue à la conclusion que tu ne pouvais pas m'avoir trompée, en tout cas pas volontairement. Et puis, vous n'étiez pas

vraiment en pleine action, tu vois ? On aurait plutôt dit une dispute.

- C'est le cas, on était vraiment en train de se disputer. Dès qu'elle a commencé à se déshabiller, j'ai su qu'elle n'était pas toi.
- Comment cela ?
- C'était sa manière d'être qui clochait. Je l'ai trouvée… comment je pourrais dire cela… vulgaire. Je me suis soudain dit que cette femme ne pouvait pas être toi. Et tu as un magnifique grain de beauté sur le sein gauche.
- Comment peux-tu savoir cela ?
- A la campagne… Tu devais avoir 16 ans à l'époque. Tu te baignais dans le ruisseau devant chez toi. Je ne t'avais pas vue depuis l'été d'avant et en un an tu étais devenue splendide ! Rien à voir avec la fillette que je connaissais. Tu étais quasi nue ! Je pouvais tout voir, notamment, quand je me suis approché, ce magnifique grain de beauté.
- Je me rappelle ! (elle sourit) Je l'avais fait exprès je savais que tu étais de retour et que tu n'allais pas tarder à venir alors, je me suis mise en petite tenue et je t'ai attendue.
- Vraiment ? à quoi tu pensais ? j'aurais pu te sauter dessus !
- (Elle éclata de rire) Mais c'est justement ce que je voulais ! J'ai tout fait pour,

durant tout l'été, mais tu ne m'as jamais touchée ! Je ne sais pas ce qui m'a retenu de te sauter dessus moi !

- Je trouvais que tu étais trop jeune pour moi. Je voulais attendre que tu aies au moins 18 ans. Mais quelle torture !
- Quel gentleman ! bien fait pour toi !
- (Ils rient ensemble.) Tu vois ? Je peux te faire rire. Je peux te faire du bien. Je t'aime Sophie. Je n'ai jamais cessé de t'aimer. Je refuse de te perdre une seconde fois. Laisse-moi t'aider je t'en prie.
- Qu'est-ce que tu penses pouvoir faire de plus qu'un spécialiste n'ait déjà fait ?
- J'ai l'avantage de ne pas le faire pour l'argent. Je ferai tout ce qui est humainement possible pour que tu ailles mieux. Je veux revoir cette jeune fille qui essayait de me séduire au bord d'un ruisseau.
- Bon, je veux bien te laisser ta chance. Qu'ai-je à perdre de toute façon ? Par où commence-t-on ?
- Tout d'abord, rassemble tes affaires, tu t'installes chez moi.
- Pardon ? Pourquoi ? c'est hors de question !
- Parce que tu ne veux pas aller chez toi. Et comme je refuse de venir te voir dans un endroit aussi sordide, alors la solution

la plus simple est que tu viennes chez moi, voilà.

- Je peux de préférence aller dans un hôtel un peu plus classe.
- Pourquoi dépenser cet argent alors que je propose de t'héberger gratuitement ? Aurais-tu peur de moi ? Je ne mords pas tu sais ?
- Peur ? Qu'est-ce que tu racontes ? Pourquoi devrais-je avoir peur de toi ?
- Alors qu'est-ce que tu attends pour rassembler tes affaires ?
- D'accord, d'accord. J'y vais ! Pas la peine d'être aussi pressé ! t'as des chiens aux fesses ou quoi ?

**********

- Oh là là ! c'est vraiment là que tu vis ? Je savais que ta famille avait de l'argent mais je n'aurais jamais parié que c'était à ce point ! Petit cachotier !
- Ce n'est pas de la cachoterie, je n'aime pas me vanter c'est tout. Je ne fais pas parti d'une famille de mulâtre comme toi, mais on est très à l'aise financièrement.
- T'entend quoi par une famille de mulâtre comme moi ? Précise ta pensée.

- Loin de moi l'idée de t'offenser jeune fille ! Je voulais juste dire qu'on est tous noirs comme le charbon et qu'on a de l'argent. On n'est pas comme toi avec ta peau café au lait et tes longs cheveux bouclés. Alors si t'as un quelconque problème de racisme dit le tout de suite parce que mes sœurs n'ont pas leurs langues dans leurs poches. Elles peuvent te rendre la vie impossible.
- Si j'étais raciste tu penses que je me serais intéressée à toi autrefois ?
- Vu l'enfance que tu as eu… il serait compréhensible que tu t'intéresses à moi… mais, quand tu es retournée chez toi… qui sait quel lavage de cerveau tu as subie ? Je ne sais toujours pas ce qui a bien pu t'arriver…
- Non… tu ne sais pas… parce que si tu savais, tu ne serais pas en train de me parler de racisme en ce moment !
- Ok… pas la peine de t'exciter… je voulais juste souligner que tu seras la seule mulâtresse au milieu de plein de noirs et je voulais m'assurer qu'il n'y aura pas de gêne.
- Je pense que je peux gérer cela d'accord ? Maintenant laisse-moi admirer le paysage.

Ils étaient en train de remonter l'allée en brique de la propriété de Christian. Il y avait des massifs de fleurs des deux côtés de la route et derrière les fleurs on pouvait voir une grande étendue de gazon bien vert et fraichement coupé. Le long des murs de la clôture il y avait toute sorte d'arbre fruitier et de légumes. Le tout était agencé de telle sorte que la beauté de l'endroit était à couper le souffle. Cette famille ne doit pas dépenser de l'argent en achetant de la nourriture, pensa-t-elle, ils ont tout à proximité.

Christian gara la voiture devant la maison. C'était une maison en brique. Un patio contournait le rez-de-chaussée et au-dessus du patio il y avait un balcon. Les fenêtres et la porte d'entrée étaient noires avec battants comme les anciennes maisons. Le tout était d'une simplicité et d'une beauté déconcertante.

- Waw ! franchement je ne sais que dire. C'est tellement beau chez toi !
- Merci. Mais tu n'as pas encore vu l'intérieur.
- Vu avec quel soin la propriété est tenue, je pense que je ne devrais pas être déçue. Combien de personnes devrais-je m'attendre à rencontrer ?
- Il y a mes deux sœurs, mes deux frères, leurs conjoints et leurs enfants, mes parents et les employés. Si on me met dans l'équation cela fait une vingtaine en tout.

- Tout cela ? Mais la maison ne semble pas assez grande pour tout ce monde.
- Mes sœurs et mes frères vivent chez eux avec leurs familles. Mais on se retrouve tous ici une fois par semaine pour le diner. C'est la tradition. Mes parents y tiennent beaucoup.
- Mais est-ce qu'ils viennent tous, toutes les semaines ?
- Non, pas toujours. Mais on fait tous le mieux qu'on peut pour venir. Je suis le seul à habiter toujours avec mes parents.
- Hum... vraiment ?
- Pas de commentaire s'il te plait... je me plais ici et je n'ai pas du tout l'intention d'aller vivre ailleurs. Entrons maintenant. J'enverrai quelqu'un chercher tes bagages.
- Ok.

Ils entrèrent dans la maison, traversèrent la salle d'attente pour se rendre au salon où tout le monde était réuni et discutait avec animation. Le silence se fit à l'entrée du couple.

- Bonsoir tout le monde, dit Christian
- Bonsoir, répondirent-ils en chœur.
- Qui est ce que tu nous as ramené ? Questionna une femme.
- Voici Sophie, je l'ai invitée à se joindre à nous.

- Sophie ? Tu veux dire... ta Sophie ? Demanda-t-elle encore.
- Oui Sabine, ma Sophie. Pourquoi ? Est-ce que tu as un problème avec cela ?

Ils se regardèrent les uns, les autres. Sabine sourit et se leva vivement

- Mais non voyons ! Qu'est-ce que tu vas t'imaginer ? Tu nous as pris de court c'est tout. Tu aurais dû prévenir que tu l'amenais ! Depuis le temps que tu nous en parle !

Elle embrassa Sophie sur les deux joues.

- C'est bon de pouvoir enfin te rencontrer Sophie. Je suis Sabine Raphael.
- Sophie Addison.
- Laisse-moi te présenter tout le monde. De la droite vers la gauche il y a notre ainée Emilie et son mari Frantz Pierre
- Salut ! disent-ils.
- Ensuite, mon frère Fréderic et sa femme Jeanne.
- Enchanté dit Fréderic.
- Moi de même, dit Jeanne.
- Ensuite, continua Sabine, il y a notre frère Carl-Henry et sa femme Emmanuelle.
- Salut !
- Mon mari, Victor.
- Hello Sophie.
- En tout dernier lieu, nos parents, Jean et Marie.

- Content de pouvoir enfin te rencontrer Sophie, dit Jean.
- Moi aussi monsieur.

La mère ne dit rien pendant quelques secondes. Elle examina Sophie de la tête aux pieds. Tous les yeux se rivèrent sur elle attendant son verdict. Il y eu un silence embarrassé.

- Maman ? tu ne dis rien ? demanda Christian.
- Non. J'examine la femme qui a fait souffrir mon fils.

Sophie eut un sursaut.

- Maman ! S'il te plait ! s'exclama Christian.
- Quoi ? Tu ne t'en es jamais remis ! j'ai dû supporter ta mauvaise humeur durant des années ! Pourquoi devrais-je être contente de rencontrer celle qui a brisé le cœur de mon fils ?
- Arrête maman, tu n'es pas au courant de toute l'histoire.
- Alors, raconte-moi Christian. T'as jamais voulu en parler ! Je ne peux que faire des suppositions, surtout que maintenant je vois enfin de quoi elle a l'air. Une petite bourgeoise ! Elle a sûrement dû penser que tu n'étais pas assez bien pour elle !

Sophie serra les poings.

- Cela suffit Marie ! s'exclama le père de Christian. Ce n'est pas comme cela qu'on accueille une invitée !
- Toi, ça va, je ne t'ai rien demandé ! Alors Christian, j'attends !

Il y eut un murmure dans le salon.

- Maman, je ne crois pas que ce soit le bon moment d'en parler.
- Ce n'est jamais le bon moment avec toi.
- Je lui demandé de passer quelque temps avec nous.
- Pardon ? Je ne pense pas avoir envie d'accueillir cette pimbêche chez moi.
- Ecoutez madame, intervient Sophie, vous ne me connaissez pas, vous ne savez rien de ma vie. Je vous interdis de me traiter de cette manière. Je ne suis pas en train de mendier devant votre porte. Je peux très bien me payer une suite dans n'importe quel hôtel de luxe de ce pays ou tout simplement rentrer chez moi aux Etats-Unis où on sait comment recevoir les gens !
- Sophie… arrête… (il lui toucha l'épaule).
- Non Christian… (elle se dégagea brusquement) tout à l'heure tu m'as traité de raciste. Mais je vois bien que les racistes, c'est vous ! Quand tu m'as invité chez toi, je pensais que je venais chez des gens civilisés ! Je n'ai pas du tout l'intention de rester chez des gens qui me traitent comme une paria ! Je

préfèrerais de loin retourner chez ma mère !

Elle fit demi-tour et se dirigea vers la porte.

- Maman, quel besoin tu avais de faire cela ?
- Elle a du tempérament cette fille (elle sourit) J'aime cela... Dis-lui que je veux bien qu'elle reste quelque temps. Je pense que me mesurer à elle pourrait s'avérer amusant.

Christian se précipita derrière Sophie pendant que des protestations s'élevaient dans la pièce.

- Sophie ! Sophie attend !

Elle l'ignora et continua sa route vers la voiture. Il l'arrêta en lui tenant fermement le bras.

- Je ne suis pas venue en Haïti pour subir ce genre d'humiliation ! Lâche moi ! (elle enleva son bras d'un geste brusque, contourna la voiture et s'assis du côté passager).
- Pardonne-moi. Je ne pensais pas qu'elle réagirait ainsi. Elle n'est pas comme cela d'habitude !
- Je m'en fous. Tu veux bien me ramener s'il te plait ?
- (Christian s'installa derrière le volant.) Elle a dit que tu pouvais t'installer chez nous.

- Et subir cela tous les jours ? Sans façon merci ! Qu'est-ce que t'attends pour démarrer ?

Christian démarra la voiture. Pendant qu'ils s'en allèrent Sabine s'écria du pas de la porte d'entrée :

- Christian ! Sophie ! attendez ! (Elle s'élança derrière eux).
- Qu'est-ce qu'on fait ? Tu veux qu'on s'arrête ?
- Pas du tout ! Je ne veux plus rien avoir avec ta famille ! Accélère !
- Ok. Comme tu veux.

# CHAPITRE 4

Il accéléra et regarda sa sœur disparaître dans le rétroviseur.

- Bon, où est-ce qu'on va dis-moi. Pas où je t'ai trouvée j'espère ! Et d'ailleurs qu'est-ce qui t'a pris de t'installer dans cet hôtel minable ? Ce n'est pas l'argent qui te manque non ?
- J'ai passé dix années de ma vie dans la misère la plus absolue alors cet hôtel ne me fait pas peur. La plupart du temps je préfère ne pas afficher ma fortune extravagante. L'argent ne peut pas me tourner la tête. Ce n'est pas comme toi qui as grandi dans le luxe. Tu n'es qu'un fils à maman pourri gâté. Tu ne sais rien de la vie !
- Un fils à maman ? Moi ? Tu ne me connais vraiment pas...
- Ah oui ? À ton âge tu vis toujours chez tes parents ! Qu'est ce que tu veux que j'en pense ? Tu n'arrives pas à quitter les jupes de maman ?
- J'aime cet endroit c'est tout ! Mais tu as raison, peut-être qu'il est temps pour moi de quitter le nid. J'ai un appartement en

ville. Je ne l'utilise que quand je termine très tard à l'hôpital et que je suis trop fatigué pour conduire jusque chez moi. On s'y installe.

- Inutile. Je n'ai pas l'intention de rester en Haïti. Je vais réserver une place sur le prochain vol.
- Je n'ai pas l'intention de te laisser partir. Je t'ai déjà dit que je refuse de te perdre une seconde fois !
- Comme si tu pouvais me forcer à rester !
- Pour commencer il me semble que tu as oublié le bébé de ta sœur...
- Je ne veux rien avoir avec elle. Il me semblais m'etre bien fait comprendre à ce sujet, non ? Je veux tourner la page sur l'épisode « Sophia » et je ne veux pas d'un enfant pour me le rappeler constamment.
- Je ne te comprends pas... Tu condamnes d'avance un bébé innocent, que tu n'as jamais vu, pour les péchés qu'aurait pu commette sa mère envers toi ? Cela ne te ressemble pas. Explique moi je t'en prie !
- Les péchés qu'elle aurait pu commettre envers moi ? Vraiment ? Tu penses que toute cette colère, toute cette peine que je ressens, je l'invente c'est cela ?
- Je ne sais pas. T'as jamais voulu en parler. Tu n'es pas objective dès qu'il

s'agit de ta sœur. Laisse-moi en juger. Raconte-moi.

- C'est hors de question !
- Bon, tu ne me laisses pas le choix.

Il arrêta la voiture, fit marche arrière et s'engagea dans la voie opposée.

- Qu'est-ce que tu fais ? demanda Sophie
- Tu ne viendras jamais de ton plein gré voir Stéphanie alors, je t'y emmène de force, et tout de suite !
- Arrête la voiture tout de suite. Sinon...
- Sinon quoi ? Tu sauteras d'une voiture en marche ? Serais-tu suicidaire ?

Ils se regardèrent un instant. Sophie s'embla vouloir dire quelque chose, mais changea d'avis. Elle tourna son visage vers la vitre, soupira et ne dit plus rien de tout le trajet. Tout à coup Christian s'engagea sur une route en terre battue, roula quelques minutes et arrêta la voiture devant une grande maison blanche.

- On est arrivé, dit Christian.

Sophie ne répondit pas.

- Ecoute Sophie, n'en fais pas toute une histoire. C'est juste un bébé. Elle n'a même pas de dent encore. Elle ne peut pas te mordre d'accord ?
- C'était une plaisanterie cela ? Je suis censée en rire ?
- Sophie... (il lui toucha les cheveux)
- Ne me touche pas ! cria t'elle (elle ouvrit la porte de la voiture) On y va ? Oui ou

non. C’est bien pour cela que tu m’as trainée jusqu’ici ?

Elle descendit et ferma la portière d’un geste brusque. Christian passa une main dans ses cheveux d’un geste las. Oh là là, j’ai beaucoup de travail pensa-t-il. Il sortit à son tour et verrouilla la voiture.

- Où est ce qu’on est ? demanda Sophie
- Chez une amie de la famille. Elle garde Stéphanie en attendant qu’on se décide.
- Pour ma part c’est tout décidé. Elle est à toi. Je ne veux rien de ma sœur. Je ne veux ni son argent, ni sa fille. Tout est à toi. Maintenant, je vais juste partir sur le prochain vol pour Miami.

Christian lui fit face.

- Lâche ! dit-il
- Moi ? lâche ?
- Oui, toi. Au lieu de rester et d’affronter tes démons, tu t’enfuies. Comme la dernière fois.
- Je ne suis pas en train de fuir.
- Bien sûr que c’est ce que tu fais. Je te préviens... (il se rapprocha d’elle) Si tu disparais encore une fois, Stéphanie et moi on te poursuivra jusqu’au bout du monde s’il le faut.... Il est hors de question que je te perde une seconde fois...
- Tu ne peux pas comprendre à quel point c’est dur pour moi de voir cet enfant... Tu ne comprends pas...

- Alors explique moi ! (il prit son visage des deux mains) Sophie chérie... je ne demande qu'à comprendre...

Sophie retient son souffle. Il était si près d'elle qu'elle pouvait sentir son souffle sur son visage. Elle n'avait qu'à avancer la tête de quelques millimètres pour que leurs lèvres se touchent. Son pouls s'accéléra. Oh mon Dieu ! pensa-t-elle, il me fait toujours autant d'effet ! Sophie ferma les yeux dans l'attente du baiser. En ce moment même la porte d'entrée s'ouvrit sur une dame d'un certain âge de taille moyenne. Christian s'écarta.

- Christian s'exclama t'elle, le sourire aux lèvres en s'approchant d'eux.
- Victoria, répondit Christian.

Il sourit à son tour et l'embrassa sur les deux joues. Il s'écarta ensuite et se tourna vers Sophie

- Laisse-moi te présenter Sophie Addison. C'est la tante de Stéphanie.
- Enchantée dit Victoria
- Moi de même

Elles échangèrent une solide poignée de main.

- Vous êtes enfin venue voir la petite ? Suivez-moi !

Elle se dirigea de ce pas vers la maison sans leur laisser le temps de placer un mot. Christian et Sophie se regardèrent un instant et éclatèrent de rire.

- Eh bien ! dit Sophie.
- On y va ?
- Ok. (le sourire de Sophie disparut) allons-y. Finissons-en.

Ils se dirigèrent ensemble vers la maison. Un bébé pleurait dans la nurserie où on avait conduit Sophie et Christian. Une jeune femme essayait de la consoler.

- Allez mon bébé, bois ton lait s'il te plait ! Oh, pourquoi est-ce qu'elle n'arrête pas de pleurer ? Je ne sais plus quoi faire moi !

Elle remarqua la présence des nouveaux venus

- Bonjour, je suis Amanda, vous êtes sûrement les futurs parents de Stéphanie ?
- Ces futurs parents ? d'où tenez-vous cela ? je n'ai pas du tout l'intention de l'adopter moi !
- Pardon ? s'exclama Amanda étonnée
- Sophie s'il te plait... dit Christian
- Quoi ?! Cria-t-elle. Je te rappelle que c'est toi qui m'as trainé ici.
- Hum... vous voulez la voir oui ou non ? demanda Amanda.
- Bien sûr ! Répondit Christian. C'est pour cela qu'on est venu
- Ok. Eh bien je vous la donne. Stéphanie n'arrête pas de pleurer depuis qu'elle est venue, je ne sais plus quoi faire pour la

consoler, peut-être que vous aurez plus de chance que moi.

Amanda déposa Stéphanie dans les bras de Christian. Le bébé se calma un peu pour l'examiner sans pour autant cesser de pleurer.

- Qu'est-ce qu'il y a ma puce ? demanda Christian tout en la berçant. Pourquoi pleures-tu ?

Christian examina le bébé un instant. Elle avait la peau claire et les yeux noisette de Sophie mais avait les cheveux couleurs caramel. Il se tourna vers Sophie.

- Tu devrais la prendre. Dit-il en lui tendant le bébé
- Je… ne sais pas…
- Mais bien sûr que tu veux ! Dit Christian. Ne sois pas timide voyons. Elle ne va pas te mordre.
- D'accord. Pourquoi pas ?

Christian lui mit le bébé dans les bras et lui donna un biberon de lait. Sophie s'installa sur un fauteuil avec elle. Stéphanie tourna la tête et regarda Sophie, comme pour l'examiner.

- Alors ? est-ce qu'on va accepter ce biberon ? demanda-t-elle en mettant le biberon devant sa bouche.

Elle sourit entre deux sanglots et accepta le biberon qu'elle but d'un seul trait. Sophie l'installa sur son épaule pour qu'elle fasse son rot. Elle la mit ensuite sur son genou et la berça. Petit à petit le bébé s'endormit.

- Mon Dieu ! Comment avez-vous fait ? Demanda Amanda.
- Je ne sais pas... c'est venu comme cela...
- On aurait dit que c'est vous qu'elle réclamait !
- Cela ne peut pas être moi, c'est la première fois qu'on se voit.
- Je sais, mais quelque chose en vous, sans doute, lui rappelle sa mère.
- C'est insensé ce que vous dites là.
- Mais non, pas tellement. Vous savez que sa mère n'a pas eu la chance de la tenir dans ses bras ? Elle est morte tout de suite après l'avoir mise au monde. Moi, je pense que la petite avait besoin d'affection, c'est pour cela qu'elle pleurait autant. Elle vous aime déjà. Et c'est réciproque je crois.

Une émotion étrange envahit Sophie. Elle regarda ce petit être, tout confiant, qui s'est endormi dans ses bras. Sa vue se brouilla et de grosses larmes coulèrent sur ses joues.

- Elle est si jolie ! Comment pourrais-je rester insensible ?
- Contente d'entendre cela. Vous vous ressemblez tellement, on pourrait la prendre pour votre fille !
- C'est normal, sa mère était ma jumelle !

- Donnez-la-moi, dit Amanda, je vais la mettre au lit. Madame Victoria vous attend dans le salon. Venez la voir aussi souvent que vous pourrez.
- Avec plaisir.
- Elle a beaucoup de chance cette petite. Je ne peux pas en dire autant de tous les bébés qui passent par ici.
- Pourquoi dites-vous cela ?
- On sent que vous êtes née pour être mère.

Elle s'éloigna avec le bébé. Toute la bonne humeur de Sophie s'évanouit d'un seul coup.

- On y va ? demanda-t-elle d'un ton brusque.

Elle se leva et se dirigea vers la porte. Christian la suivit.

- Sophie ça va ?
- Très bien. On pourrait en finir ? J'aimerais bien rentrer me reposer.
- Ok. Par ici dit-il en la précédant.

*Dans le salon.*

- Alors, comment s'est passée cette première visite ?

- Très bien merci, dit Christian. Elle s'est même endormie dans les bras de Sophie
- Christian. Je connais ta famille depuis longtemps. Je sais que côté financier Stéphanie ne manquera de rien. Mais un bébé n'a pas seulement besoin de bien matériel. Pensez-vous pouvoir lui donner tout l'amour dont elle aura besoin ?
- Bien sûr. Pas de problème de ce côté. Il fallait voir Sophie avec elle. Elles se sont tout de suite entendues. Amanda pourra en témoigner. N'est-ce pas Sophie ?
- Oui c'est vrai. Répondit-elle d'une voix lointaine.
- Avez-vous l'intention de vivre ensemble ? d'après ce que j'ai compris, vous vivez dans deux pays différents. Comment allez-vous gérer cela ?
- On n'en a pas encore discuté.
- Eh bien, faites-le ! Cette enfant a besoin d'un foyer stable. On m'a désignée pour servir d'intermédiaire et je compte bien faire mon travail. Décidez-vous vite. Avant de vous la confier j'aimerais être sûre et certaine qu'elle ne manquera de rien. Ce sera tout.
- Ok merci de nous avoir reçu dit Christian en se levant.
- Tout le plaisir était pour moi. Passez quand vous voulez !

*Dans la voiture*

- Sophie tu vas m'expliquer ton attitude tout de suite ! s'exclama Christian, et cette fois je veux une réponse !
- Je ne sais pas de quoi tu parles, dit-elle
- Ah non ? Tout allait pour le mieux. Quand elle était dans tes bras, tu semblais heureuse. Je pensais que finalement cela allait marcher et brusquement tu changes complètement. Tu redeviens cette femme dure et amère. Je veux une explication et je la veux tout de suite !

Sophie le regarda. Ses yeux exprimaient une souffrance intérieure insupportable. Des larmes coulaient sur ses joues qu'elle semblait incapable de retenir.

- C'est si dure que cela ? Sophie chérie, parle moi je t'en prie !
- Je suis stérile ! T'es content ! hurla-t-elle. On sent que vous êtes née pour être mère, ironisa-t-elle. Vraiment ? de quoi elle se mêle celle-là ? Elle éclata en sanglots. Tout cela c'est la faute de Sophia... dit-elle entre deux sanglots. Je ne peux pas être une mère pour ce bébé... tu comprends... quand je la vois... je ne peux pas m'empêcher... de penser ... à tout ce que Sophia m'a fait...

- Calme-toi je ne comprends rien à ce que tu racontes. C'est quoi le lien entre ce bébé, Sophia et ta stérilité ?
- C'est une longue histoire et je suis fatiguée... Est-ce qu'on pourrait aller à ton appartement s'il te plait ? J'aimerais juste dormir et oublier tout cela pour quelques heures.
- Ok. Mais ce n'est que partie remise. Ne pense pas que tu peux t'en tirer à si bon compte.

*Un peu plus tard dans la soirée*

Christian frappa à la porte de la chambre de Sophie. Il attendit quelques secondes avant qu'elle vienne lui ouvrir.

- Tu vas mieux ? demanda-t-il
- Oui, beaucoup mieux merci. Entre s'il-te-plait

Elle le laissa passer et ferma la porte.

- Alors ? demanda-t-il en s'installant sur le lit
- Alors quoi ?
- Tu vas enfin me dire ce que je veux savoir ?
- Tu ne laisses jamais tomber toi ?
- Non... jamais...
- C'est une longue histoire tu sais...
- J'ai tout mon temps.

- Je ne sais pas si j'aurai le courage de tout de raconter d'un seul coup...
- Tu me parleras à ton rythme... du moment que tu en parles... je veux savoir et je ne te laisserai pas tranquille tant que tu ne m'auras pas tout raconté.
- Ok. Si tu insistes.

Sophie se dirigea vers la fenêtre, l'ouvrit et respira l'air frais de la nuit.

- Tout à commencer il y a bien longtemps. C'était un mois après notre septième anniversaire. Nos grands-parents venaient de mourir en nous laissant un bel héritage. Sophia a toujours été plus vive, plus intelligente que moi. Elle savait se faire aimer. C'était un don chez elle. A l'époque, alors que moi j'avais aucune idée de ce que le mot héritage voulait dire, elle, elle le savait. Un soir, on a surpris une conversation entre nos parents. Ils croyaient qu'on dormait...

**********

# CHAPITRE 5

*Un soir d'Aout 1987*

Les jumelles avaient les oreilles collées sur la porte de la chambre de leurs parents et essayaient d'entendre ce qu'ils disaient

- Sophia, ce n'est pas bien ce qu'on fait.
- Sophie la ferme ! Je veux entendre ce qu'ils disent !
- Mais Sophia...
- Chut !!

A l'intérieur de la chambre Clémentine et Sylvio Valentin discutaient à voix basse

- Quand je pense que mes parents sont morts sans me laisser un seul centime ! Clémentine fulminait. Ils ont laissé tous leurs avoirs à mes filles ! Je n'ai pas besoin d'argent moi ?
- Baisse ta voix tu veux ? Il ne faut pas les réveillez !
- Je m'en moque ! Dès demain j'irai contester ce testament !
- Tu ne vas rien faire tu m'entends ! C'est argent leur appartient ! tu vas respecter le souhait de tes parents !

- Nous sommes en train de parler de un million de dollars américain Sylvio! Ils ont laissé un million de dollars à deux fillettes de 7 ans !
- Clémentine tu ne vas pas toucher à cet argent tu m'entends ? C'est pour nos jumelles. Je t'ai toujours laissé faire à ta guise. Je ne t'ai jamais rien dit sur ta façon plus que bizarre d'élever ces enfants, mais, cette fois je resterai intraitable là-dessus. Ne touche pas à l'argent de tes enfants !
- Oh là là ! quel rabat joie tu es ! Elles n'en sauront rien ! cela restera entre nous !
- J'ai dit non ! Tu t'entends parler ? Tu n'as pas honte ? Mais quelle sorte de mère es-tu ? Tu me dégoutes !

*Pendant ce temps derrière la porte*

- Wow ! Un million de dollars ! On est riche ! déclara Sophia.
- C'est beaucoup d'argent cela ? demanda Sophie.
- Alors toi, tout le monde sait que tu es débile ! Tu ne sais rien de rien !
- Pourquoi tu dis cela ? C'est méchant !
- Cet argent sera à moi ! Tout l'argent, pas seulement la moitié.

- Mais... et moi ?
- Toi, Sophie ? T'auras rien ! Tu ne mérites rien ! Je veux tout ! TOUT !
- Les enfants ? vous êtes réveillées ? demanda la mère derrière la porte
- Merde ! S'exclama Sophia, filons !

Elles se précipitèrent dans leurs lits. Quand Clémentine alla dans leur chambre, elle trouva deux petites filles endormies.

**********

- A partir de ce jour tout changea entre Sophia et moi, dit Sophie à Christian. Elle ne voulait plus jouer avec moi, devenait désagréable. Partout où je passais, j'étais critiquée, humiliée. Sophia manipulait tout le monde à sa guise. Il faut dire qu'elle était douée pour cela. On ne pouvait pas ne pas la croire. J'en payais les frais. A la maison, la situation ne fit qu'empirer pour moi. Ma sœur n'arrêtait pas de faire des bêtises et de tout me mettre sur le dos. J'avais beau proclamé mon innocence c'est toujours moi qu'on punissait. Sophia, elle, était aimée, choyée, gâtée. Elle était devenue la « Princesse » et ses bêtises empiraient au fil des mois...

Sophie se tourna vers Christian, elle était en larme.

- Sophie chérie, je pense que t'as assez dit pour aujourd'hui. Viens près de moi.

Sophie s'installa sur le lit à coté de Christian et se blottit dans ses bras.

- Sèche moi ces larmes mon amour... (il passa un doigt sur son visage et ensuite la serra contre lui) Je suis là... Je ne te laisserai jamais tomber... tu le sais n'est-ce pas ?
- Oui, je le sais. Je l'ai toujours su.

Sophie leva les yeux vers lui. Ils se regardèrent un instant... leurs lèvres se rapprochèrent et, après un bref instant d'hésitation, ils s'embrassèrent... Pendant quelques instants, elle se laissa envahir par ces sensations qu'elle avait depuis longtemps oubliées ; mais, quand Christian l'allongea sur le lit, que ses lèvres se glissèrent vers son cou et que ses mains essayèrent d'enlever la robe de chambre qu'elle portait, Sophie se figea comme une statue.

- Quoi ? demanda Christian, dérouté.
- Arrête... s'il-te-plait...
- Pourquoi ? Tu n'en as pas envie ?
- Ce n'est pas cela... C'est juste que... je ne peux pas... C'est trop tôt... Il y a

tellement de chose que tu ne sais pas... des choses essentielles...

- Je ne demande qu'à savoir.
- Ne me bouscule pas... Cela ne mènerait à rien...
- Ok. J'attendrai. J'attends depuis si longtemps, alors quelques semaines de plus ou de moins ?
- Merci Christian, tu es tellement compréhensif ! Je ne te mérite pas...
- Ne dis pas cela chérie ! Tu as une piètre opinion de toi. Je me fais un devoir de changer cela. Tu sais, tu as la plus belle poitrine qu'une femme puisse avoir, tu devrais en être fière !
- Comment peux-tu savoir que j'ai une belle poitrine ?
- Tu oublies l'été où tu m'aguichais sans vergogne ? Tu me fourrais ta poitrine sous le nez à tout bout de champ !
- C'était il y a longtemps de cela ! (elle éclata de rire) Elle a sûrement changée depuis...
- Cela, j'en doute...

Il écarta un pan de la robe de chambre et glissa plusieurs doigts à l'intérieur. Il se saisit d'un sein et se mit à le caresser.

- Cela a toujours la même texture... la même fermeté...

Il l'embrassa à nouveau sans cesser de lui caresser la poitrine. La respiration de Sophie s'accéléra. Elle avait l'impression qu'un sang nouveau coulait dans ses veines. Mais quand Christian voulut aller plus loin, elle se figea à nouveau.

- Arrête ! s'exclama-t-elle.
- Pourquoi ? Je sais que tu en as envie autant que moi !
- Tu as promis d'être patient, tu te rappelles ?
- Qu'est-ce qui se passe ? Qu'est-ce que tu as ?
- Je ne peux pas en parler... c'est beaucoup trop tôt pour moi... tu devrais partir maintenant...
- Mais...
- Vas dans ta chambre Christian... laisse-moi tranquille s'il te plaît...
- Ok. Un dernier baiser ?
- Non, dit-elle en tournant la tête, vas-t-en.

Christian s'en alla le cœur gros tandis que Sophie se recroquevilla dans son lit.

*Les souvenirs de Sophie viennent la hanter dans ses rêves.*

- Sophia ? Tu veux jouer avec moi ?
- Quoi ? Avec tes poupées ? Non merci. C'est pour les fillettes tout cela !
- Mais on est des fillettes !

- Toi peut-être mais pas moi. Dit-elle en se poudrant le nez. Je n'ai pas de temps pour les gamines comme toi. J'ai mille choses à faire.
- Tu ne crois pas que c'est un peu tôt pour cela ?
- Cause toujours ! N'oublie pas de nettoyer la chambre.
- Mais c'est toi qui as mis la chambre dans cet état ! Arrange la toi-même !
- Comment ? Une princesse comme moi ne s'abaisse pas à ce genre de besognes !
- Si toi t'es une princesse, alors je le suis aussi !
- Tu rêves ! Il faudrait d'abord que tu grandisses. A 8 ans tu fais toujours pipi au lit.
- Menteuse !
- Ah oui ? On va voir ce qu'on va voir.

Elle sortit de la chambre et revint quelques minutes plus tard avec un verre d'eau qu'elle versa sur le lit de Sophie et s'écria :

- Maman ! Sophie a fait pipi dans son lit !
- Ce n'est pas vrai ! Elle ment !
- Non, c'est toi qui mens !
- Non toi !
- Qu'est-ce qui se passe ici ? Demanda leur mère en entrant dans la chambre.
- Sophie fait toujours pipi au lit. Dit Sophia. Elle s'arrange pour que cela ne se voie pas. Regarde par toi-même, son

lit est mouillé. Elle n'a pas eu le temps de changer les draps, je l'ai prise la main dans le sac !

- Ce n'est pas vrai maman. Pourquoi tu fais cela Sophia ?!

La mère passa une main sur le lit de Sophie et constata qu'il est effectivement mouillé.

- Qu'est-ce que cela veut dire ? Tu fais de la dissimulation maintenant ?
- Maman c'est elle qui vient à l'instant de verser de l'eau sur mes draps ! Il faut que tu me croies !
- Comment oses-tu mentir de la sorte ? S'écria Sophia. Petite menteuse, tu me fais honte !
- Tais-toi ! C'est toi la menteuse ! Sophie lui fonça dessus et lui tira les cheveux.
- Aïe ! Maman tu vois ce qu'elle me fait ?
- Cela suffit maintenant Sophie ! Dit la maman. Lâche ta sœur tout de suite ! Interdiction de sortir de la chambre durant le reste de la semaine ! Et tant que tu y es, arrange moi ce bazar !

Elle se tourna vers Sophia, le sourire aux lèvres et dit

- Sophia chérie tu viens ? On sort. Je t'achèterai un peu de crème à la glace.
- Mais bien sur maman ! J'arrive tout de suite !

Elle attendit que la maman sorte de la chambre pour se tourner vers Sophie. La satisfaction se lisait sur son visage

- Alors ? Qui est la menteuse aux yeux de maman ?
- Pourquoi agis-tu ainsi Sophia ? Je ne te comprends pas.
- Je vais te dire pourquoi ! Je t'ai toujours détesté ! On est si différente, je n'arrive pas à croire que l'on soit jumelle. J'ai plein de projets d'avenir et tu y fais obstacle ! Je ne supporte pas de partager ma mère, mon héritage, ma maison avec toi ! Je te détruirai Sophie ! Je te détruirai ! Je ferai en sorte que tout le monde te déteste. Je te ferai enfermer dans un endroit éloigné ou personne n'entendra parler de toi ! Tout doit être pour moi et toi tu n'auras pas d'affection, pas d'amis… tu n'auras rien tu m'entends ? Rien !
- Comment peux-tu me haïr à ce point ? Qu'est-ce que j'ai fait pour le mériter ?
- Ce que tu as fait ? Mais ma petite, tu es née, voilà ce que tu as fait. Maintenant, je sors avec maman. Toi t'as intérêt à ne pas oublier tes corvées et cesse de te plaindre si tu ne veux pas que j'en rajoute !

Sophie tourna sur elle-même pour regarder le désordre qui régnait dans la chambre. Elle se laissa tomber sur son lit et avec un soupir de découragement elle mit sa tête dans ses mains.

**********

Sophie se réveilla en sursaut dans son lit, couverte de sueurs. Elle s'assied, ramena ses genoux sous son menton et serra ses bras autour de ses jambes et regarda défiler les heures. Elle se leva au petit matin, fit une toilette rapide et se rendit à la salle à manger pour se préparer du café. Christian la rejoignit quelques minutes plus tard.

- Bonjour Sophie, dit-il en humant l'air.

Elle était assise devant la table de la salle à manger. Il se pencha vers elle et l'embrassa sur la bouche.

- Bonjour Christian, répondit-elle.
- Cela sent bon ici, tu nous prépares un petit déjeuner ?
- J'ai fait du café, sers toi si tu en veux.
- Seulement du café ? Moi j'ai l'habitude de prendre un solide petit déjeuner. Il y a toujours tout ce qu'il faut au réfrigérateur.
- Alors t'as qu'à le préparer toi-même ton petit-déjeuner.

- Je n’ai pas encore faim. Tu sais l’heure qu’il est ? (il regarda sa montre)
- Je n’ai pas regardé.
- Il est 4 heures du matin. T’es toujours aussi matinale ?
- Non, je n’arrivais pas à dormir. J’espère que je ne t’ai pas réveillé.
- Oh, ce n’est pas grave t’inquiète pas. Pourquoi tu ne peux pas dormir ?
- J’ai fait un cauchemar.
- Tu voudrais qu’on en parle ? (il se servit une tasse de café, prit une chaise et s’assied).
- Pas vraiment. C’était juste au sujet de l’une des mauvaises plaisanteries de ma sœur quand on était enfant.
- D’après ce que j’ai compris, ce n’était pas seulement des mauvaises plaisanteries.
- Je sais... On ne pourrait pas changer de sujet s’il te plait ? J’espère que tu n’as pas l’intention de me relancer au sujet de mon passé maintenant, parce que je ne suis vraiment pas d’humeur, je te préviens.
- Ok... Changeons de sujet alors... que penses-tu de mon appartement ?
- Sympa.
- Seulement sympa ?
- Agréable si tu préfères... il est différent de la maison de tes parents.

- Oui, c'est vrai. Mes parents ont engagé des décorateurs pour la maison et le jardin. C'est fou la somme astronomique qu'il faut pour entretenir tout cela mais le résultat est saisissant n'est-ce pas ?
- Oui, tout à fait.
- Je n'ai pas voulu faire comme eux. Tous les meubles de mon appartement sont faits par des artisans haïtiens.
- C'est cool. Tu supportes la production nationale.
- Oui, c'est exactement cela. Ecoute, sans vouloir faire du coq à l'âne, on fait quoi pour Stéphanie ? On vit dans des pays différents et je sais que tu n'as pas l'intention de rester en Haïti... alors ? qu'est-ce qu'on fait ?
- Tu pourrais la garder et me laisser m'en aller ?
- Ah non ! Tu ne vas pas recommencer ? Je te l'ai déjà dit, et je te le redis, tu ne vas nulle part sans nous. Stéphanie et moi, on te suivra au bout du monde s'il le faut.
- Alors je ne vois pas ce qu'on pourrait faire. Moi j'ai un business à Miami que je ne peux pas laisser indéfiniment.
- Et moi je travaille à l'hôpital Saint Francis.
- Il me reste à peut-prêt quinze jours de congé ensuite je m'en vais.
- Et ta mère ? tu as pensé à elle ?

- Ma mère ? Enfant elle me maltraitait, ensuite elle m'a exilée et pendant plus de dix longues années je n'ai pas eu de nouvelles d'elle. Quand je suis revenue elle a fait comme si je n'existais pas. Quand je suis partie pour les Etats Unis elle m'a complètement ignorée ! Quand elle m'a appelée après la mort de Sophia, j'ai été franchement étonnée qu'elle puisse se souvenir de mon existence ! Alors dis-moi ? Pourquoi donc devrais-je me préoccuper de son sort ?
- Tu le devrais parce que quoi qu'elle t'ait fait, elle reste et demeure ta mère.
- Ouais. On ne peut pas changer cela et c'est bien dommage.
- Je déteste quand tu parles comme cela. Cela ne ressemble pas à la jeune fille que j'ai connue. (Il déposa sa tasse sur la table)
- Je ne suis plus la jeune fille que tu as connue. Trop de choses se sont passées. J'ai changé Christian.
- C'est ce que j'ai remarqué (il se rapprocha d'elle). Mais il y a une chose qui ne changera jamais.
- Quoi donc ?
- Tu me fais toujours autant d'effet…

Il la mit debout et lui caressa le cou. Elle retint son souffle et déposa sa tasse sur la table.

- Et j'ai furieusement envie de te faire l'amour.

Il l'enlaça et l'embrassa passionnément. Il ouvrit la robe de chambre de Sophie d'une main et lui caressa la poitrine à travers la nuisette qu'elle portait en dessous. Il relâcha son étreinte et fit glisser la robe de chambre et la nuisette des épaules de Sophie, la laissant vêtue d'une petite culotte en dentelle noire. Il fit ensuite glisser ses lèvres sur son cou pendant que des doigts il titillait ses mamelons

- Christian... murmura-t-elle, arrête...

Il lui coupa la parole d'un baiser et se mit à lui caresser les épaules, les seins et le ventre. Sophie ferma les yeux. Elle avait du mal à réfléchir. Elle avait l'impression que ses pieds ne touchaient plus terre. Elle ressentait une foule d'émotions contradictoire ; et tout cela était complètement nouveau pour elle. Les lèvres de Christian quittèrent sa bouche. Il la pencha un petit peu en arrière et s'empara de ses mamelons qu'il lécha et suça à tour de rôle. Sophie que ses jambes ne soutenaient presque plus prit appui sur la table.

- Christian... non... protesta-t-elle, faiblement.

Il fit la sourde oreille et continua sa manœuvre avec les seins de Sophie. Il mit en même temps une main dans sa culotte et se mit à la caresser avec les doigts. Sophie se figea instantanément.

- Christian ! Cria-t-elle.
- Chut... murmura-t-il en revenant vers son cou. Détends-toi chérie. Laisse-moi faire. Tout va bien se passer.
- Christian... dit-elle plus faiblement pendant qu'une sensation nouvelle commençait à l'envahir.

Il l'embrassa à nouveau pendant qu'il accéléra le mouvement de ses doigts. Il laissa sa bouche pour revenir à ses seins. Sophie était maintenant à demie étalée sur la table. Sa respiration était saccadée et ses hanches bougeaient d'elles-mêmes sous le mouvement des doigts de Christian. Il accéléra encore le rythme. Sophie sentit en elle comme une explosion de feu d'artifice et son corps fut parcouru de petits tressaillements.

- Oh mon Dieu... murmura-t-elle.
- Sophie, dit-il en promenant ses lèvres sur son cou (Il avait la voix rauque), tu me rends fou. Tu as un corps magnifique. Tu es tellement belle, bien plus belle que dans mes souvenirs. Tu vois l'effet que tu me fais ?

Il la serra contre lui. Elle sentit son pénis bien dur contre son ventre et cela la refroidit complètement.

- Christian arrête ! Cria-t-elle en le repoussant de toutes ses forces.

Il ne bougea pas d'un pouce. Ils luttèrent un moment.

- Lâche-moi ! Lâche-moi ! Cria-t-elle.
- Calme-toi Sophie, dit Christian en essayant de la maitriser, qu'est-ce qui se passe ? Qu'est-ce que tu as ? Je ne vais pas te violer bon sang !

Une panique incontrôlée l'envahir d'un seul coup quand elle entendit le mot maudit commençant par V.

- Non ! Cria-t-elle.

Elle lui donna un bon coup de genou dans l'entre-jambe et se réfugia dans la salle de bain pendant qu'il se tordait de douleur. Elle ferma la porte à double tour, s'adossa à la porte et éclata en sanglot.

- Sophie ! cria Christian de l'autre côté.

Il essaya d'ouvrir sans succès et se mit à taper sur la porte.

- Sophie ouvre moi !

Elle se laissa glisser sur le sol.

- Qu'est-ce que tu as ? Pourquoi tu réagis comme cela ?

Elle ne répondit pas et continua à pleurer.

- Sophie !

Il tambourina sur la porte pendant quelques minutes puis cessa. Il se rendit dans sa chambre et se changea.

- Merde ! s'exclama-t-il. J'aurais bien besoin d'une douche froide.

Il s'assit sur le lit et réfléchit quelques secondes. Ensuite il se leva prit ses clés de voiture sur la table de nuit.

- J'ai besoin de conseil, murmura-t-il en quittant l'appartement.

# CHAPITRE 6

*Chez Sabine*

Christian s'est rendu directement chez Sabine. C'est toujours chez elle qu'il se réfugie chaque fois qu'il a un problème. Elle est toujours de bon conseil. De tous ses frères et sœurs c'est sa préférée. Il a beau être le plus petit de la bande, ils sont tous les deux inséparable depuis tout petit.

- Alors Christian ? Quel bon vent t'amène par ici?
- J'ai besoin de conseil concernant Sophie.
- Ta fiancée ? Je croyais que vous filiez le parfait amour depuis que vous vous êtes enfui de la maison ?
- Premièrement, ce n'est pas ma fiancée, du moins pas encore.
- Ah bon ?
- Non, ce n'est pas le cas. J'aurais bien aimé, mais non. Si je lui fais ce genre de proposition maintenant elle est capable de s'enfuir par le premier avion.
- Et deuxièmement ?

- Eh bien, deuxièmement, on ne file pas le parfait amour et troisièmement on ne s'est pas enfui. Elle est partie et je l'ai suivie. C'est différent. Maman a été très désagréable avec elle.
- C'est vrai. Mais j'aurais cru que tu ne pouvais que filer le parfait amour avec une fille capable de te détacher des jupes de maman.
- Je n'étais pas scotcher aux jupes de maman !
- Ah mon cher... avec toi c'était toujours : oui maman ! tout de suite maman ! Admets que tu as toujours été son préféré ! elle t'a pourri, gâté !
- Qu'est-ce que vous avez toutes les deux avec cette histoire, merde ! Je ne suis pas un fils à maman !

(Elle éclata de rire)

- Oh là là ! Pas la peine de monter sur tes grands chevaux ! C'est dingue cela, cette fille t'a complètement chamboulé ! Je ne t'ai jamais connu aussi susceptible ! Je suis plus qu'intriguée, raconte-moi ce qui se passe.

Christian poussa un soupir et passa une main dans ses cheveux d'un geste las.

- Je ne sais pas par où commencer.
- Le commencement c'est déjà bien je suppose.

- Te souviens-tu qu'à une époque j'ai passé plusieurs été chez notre tante Caroline ?
- Oui. Et à l'époque j'avais trouvé cela bizarre qu'un citadin comme toi veuille s'enterrer dans ce trou perdu. Ne me dis pas que c'est à cause d'elle que tu t'es découvert cette soudaine passion pour la campagne ?
- C'est le cas. Elle n'avait que 14 ans à l'époque où on s'est rencontré et moi j'avais déjà 20 ans. Je suis tout de suite tombé amoureux fou d'elle.
- Mais qu'est-ce que tu pouvais bien trouver à une fille de cet âge ?
- Je ne me l'explique pas. Ce n'était qu'une fillette squelettique à l'époque.
- Et t'étais quand même fou d'elle et c'est toujours le cas à ce que je vois. Sinon, tu ne serais pas chez moi en ce moment.
- Je l'aime à la folie Sabine. Je ne conçois pas ma vie sans elle et si à cause de cela je dois me brouiller avec maman, je m'en moque !
- A ce point ? Qu'est-ce qui se passe alors ? Elle ne t'aime pas ?
- Je pense que, même si elle ne le dit pas, elle m'aime toujours. Ce n'est pas cela le problème.
- Alors c'est quoi ?

- Je ne le sais pas ! J'ai beau me creuser la tête je ne vois pas ce que j'ai fait de mal ! C'est vrai qu'une fois elle m'a surpris au lit avec sa sœur mais...
- Pardon ? Qu'est-ce que tu dis ? Je croyais que tu l'aimais ? Comment as-tu pu lui faire un truc pareil ?
- Si tu m'avais laissé finir ma phrase je t'aurais dit que ce n'était pas ma faute.
- Comment cela ?
- Elle avait une sœur jumelle. Je ne savais pas qu'elles étaient identiques sinon j'aurais été plus attentif. Bref, je me suis trompé de sœur et Sophie nous as surpris au lit tous les deux.
- Sa sœur ne savait pas que vous sortiez ensemble ?
- Oui, mais faire souffrir Sophie c'était son truc.
- Ah...
- C'était une vraie malade cette fille.
- Je constate que tu me parles d'elle au passé ?
- Elle est morte récemment.
- Ok.
- Sophie m'a pardonné cette petite erreur de jugement.
- Si ce n'est pas cela le problème, alors c'est quoi ?
- Après nous avoir surpris au lit, elle est partie aux Etats-Unis et j'ai dû aller poursuivre mes études en Europe, alors

je l'ai complètement perdue de vue. Quand je suis revenu, j'ai cherché à la joindre sans succès. On m'a juste dit qu'il s'est produit un drame et qu'elle a quitté le pays définitivement. Personne n'a voulu me dire ce qui s'est passé mais il est clair que cela l'a complètement traumatisée.

- Ok. Et tu veux que je te dise quoi faire ?
- Bien sûr. Tu es psychologue non ?
- Oui, mais elle n'est pas ma patiente Christian.
- Je sais. Elle dit qu'aucun psychologue n'a pu l'aider.
- Je ne connais rien de son dossier. C'est peut-être complètement faux, mais si c'est vrai qu'aucun psy ne peut l'aider, il se peut que ce ne soit pas de cela qu'elle a besoin.
- Comment cela ?
- Elle a peut-être besoin de la patience et de l'amour inconditionnel d'un homme comme toi. Il est clair que tu es fou d'elle. Peut-être que c'est de toi qu'elle a besoin Christian.
- Merci Sabine.
- Je ne pense pas t'avoir beaucoup aidé.
- Le simple fait de pouvoir en parler m'aide beaucoup.

Il regarde sa montre et se lève.

- Je dois partir maintenant sinon je vais être en retard au boulot.

- Ok. Reviens quand tu veux d'accord ? C'est toujours un plaisir de te voir. La prochaine fois viens avec Sophie.
- Je ne sais pas si elle va vouloir venir.
- J'insiste ! Je veux apprendre à connaitre celle qui a autant de pouvoir sur le cœur de mon petit frère. Emmène la diner un soir. Peut-être que si je la côtoie, je pourrai mieux te conseiller sur la manière d'agir avec elle.
- Merci. On se téléphone.
- Ok. Bye.

Christian ferma la porte de son appartement d'un coup de pied, jeta toutes ses affaires par terre s'écroula sur le canapé du salon sans même prendre la peine d'enlever ses chaussures. Il était presque minuit. Sophie que le bruit a réveillé se rendit au salon et alluma la lumière.

- Christian ? T'es enfin revenu ? Cela fait 2 jours que t'es parti, je commençais à m'inquiéter sérieusement !

Il ne répondit pas.

- Christian ? ça va ?

Il poussa un soupir et ouvrit les yeux.

- L'un des médecins était malade et un autre avait une urgence familiale. Je ne pouvais pas partir.
- T'aurais pu prévenir non ?
- Pas eu le temps.

Elle le regarda un instant.

- T'as l'intention de dormir comme cela ?

- Je suis fatigué. Laisse-moi dormir. S'il te plait éteint cette lumière.

Elle regarda la porte d'entrée et se dirigea vers elle

- T'as même pas verrouillé la porte !

Christian poussa un soupir. Elle verrouilla la porte ramassa ses affaires, les posa sur une table près de l'entrée, et se tourna vers lui d'un pas décidé

- Tu vas me faire le plaisir de te lever de ce canapé et d'aller dans ta chambre. Ce soir je vais prendre soin de toi.
- Je dors comme je veux, murmura-t-il, laisse-moi tranquille, t'es pas ma mère.

Elle fit comme si elle n'a rien entendu. Elle s'accroupit devant le canapé, enleva une chaussure, puis l'autre, ensuite les chaussettes. Elle posa le tout devant la table du salon, se mit debout et tira sur un bras de Christian

- Laisse-moi tranquille, dit-il.
- Debout fainéant ! Je ne te laisserai pas tranquille tant que tu n'auras pas pris une bonne douche et mangé quelque chose !
- Sophie ! s'exclama-t-il exaspéré.
- Debout !
- Ok ! ça va ! je me lève d'accord !

Il s'assied un instant. Comme elle n'arrêtait pas de lui tirer le bras, il se mit finalement debout.

- T'es pire que ma mère quand tu t'y mets. Elle m'aurait laissé tranquillement dormir dans mon canapé, elle !
- Ce serait bien si tu arrêtais de me comparer à ta mère !

Elle l'entraina sans ménagement vers sa chambre. Une fois à l'intérieur, elle commença par lui enlever sa chemise, puis la chemisette qu'il portait en-dessous. Quand elle s'attaqua à son pantalon, il l'interrompit

- Qu'est-ce que tu fais ? demanda-t-il. Tu as changé d'avis ? je suis trop fatigué pour cela. Je ne serai pas d'une grande utilité.
- Qu'est-ce que tu racontes ? demanda-t-elle en ouvrant la porte qui communiquait avec la salle de bain. Je veux juste que tu te laves un peu pendant que je te prépare un souper léger. Tu ne sens pas bon du tout !
- Ah ! j'ai cru un instant que...
- Vous les hommes vous ne pensez qu'au sex, dit-elle en l'interrompant.

Elle le regarda enlever son pantalon, puis son caleçon. Il était maintenant complètement nu. Il entra dans la salle de bain, ouvrit le robinet de la douche et contrôla la température de l'eau. Elle admira un instant ce beau spécimen. Voyant qu'elle le regardait, il se mit face à elle.

- Tu aimes ce que tu vois ? demanda-t-il.

Elle sursauta et ferma précipitamment la porte. Elle l'entendit éclater de rire. Elle se rendit dans la cuisine, fit du chocolat chaud et des toasts et apporta le tout dans la chambre de Christian. Il était en train d'enfiler un pyjama. Il sourit quand il vit le plateau que Sophie apportait.

- C'est cela que tu m'apportes comme souper ? Très chère Sophie, il est tant que je t'apprenne comment nourrir ton homme.
- Tu n'es pas mon homme ! protesta-t-elle
- Si je le suis. Et plus tôt tu l'accepteras, mieux ce sera.

Il lui prit le plateau des mains et s'assied sur le lit.

- J'accepte ton souper parce que je suis extrêmement fatigué et que je devrais déjà être en train de dormir.

Il mangea ses toasts, but son chocolat et s'allongea sous ses draps. Sophie prit le plateau et s'apprêta à sortir.

- Tu pars sans me souhaiter une bonne nuit ?
- Bonne nuit Christian, répondit-elle
- Ce n'est pas suffisant. Approche, viens t'assoir près de moi.

Elle obéit. Déposa le plateau sur la table de nuit et vint s'assoir près lui. Il l'attira jusqu'à lui et l'embrassa avec ferveur. Sa main droite glissa doucement sur son dos et empoigna fermement une fesse. Sophie sursauta et commença à s'agiter.

- Du calme, dit Christian. Je ne vais rien tenter ce soir. Je suis bien trop fatigué pour cela. Je voulais juste un petit peu de tendresse.

Il l'enlaça quelques instants puis la relâcha. Elle se leva précipitamment, prit le plateau quitta la chambre au plus vite.

Une bonne odeur de café réveilla Christian ce matin-là. Il sourit, se leva, passa une robe de chambre, alla dans la salle de bain pour se brosser les dents et se rendit dans la cuisine où il trouva Sophie assise à table à siroter son café. Il fonça droit sur elle et l'embrassa avec fougue.

- Bonjour mon amour, dit-il quand il cessa de l'embrasser.

Sophie, que le baiser avait pris par surprise, le regarda quelques secondes avec égarement. Elle se reprit très vite.

- Bonjour Christian, répondit-elle avec indifférence.

Christian sourit, regarda la tasse qu'elle avait en main et se dirigea vers le réfrigérateur.

- Il t'arrive des fois de manger Sophie ?
- Bien-sûr. Comment pourrais-je rester en vie sinon ?

Il ouvrit la porte du réfrigérateur.

- J'ai tout ce qu'il faut pour faire un solide petit-déjeuner

Il regarda quelques instants à l'intérieur.

- Alors... je vais faire... une omelette avec fromage et jambon, accompagnée de toasts et de jus d'orange, ou bien j'en fais avec des bananes plus un verre de jus de ton choix. Qu'est-ce qui te tente ?
- Qu'est-ce qui te dit que j'ai envie de manger ?
- Tu n'as pas le choix ma belle.
- L'omelette est obligatoire ?
- Oui.
- Ok. Donc va pour la première option alors.
- C'est parti !

Il disposa sur l'évier : du jambon, 4 œufs, du lait, du sel, du fromage râpé, de l'huile et un peu d'épice en poudre. Il coupa le jambon en petit morceau. Il cassa les œufs dans un récipient différent, les battit jusqu'à ce qu'ils soient homogène. Il ajouta ensuite le lait, le fromage, il battit encore. Il y mit un peu d'épice et une pincée de sel, il battit encore. Il mit l'huile sur le four. Quand elle fut bien chaude il ajouta le jambon et le laissa prendre un peu de couleur. Pendant ce temps il prit quelques tranches de pain qu'il mit dans le toaster. Quand le jambon fut à point il versa les œufs et mélangea. Il mit ensuite 2 couverts, ferma le four et le toasteur. Il mit un peu d'omelette pour lui et Sophie, il sépara les toasts entre eux, ouvrit le réfrigérateur, prit du beurre et du jus d'orange qu'il mit sur la table.

- Voilà, dit-il
- Ce fut vite fait, répondit Sophie.
- Les œufs ne prennent pas de temps d'habitude. Vas-y, goutte !

Sophie beurra ses toasts mit un peu d'omelette dessus et mangea.

- Humm... C'est très bon...
- Merci.

Il sourit et se mit à manger.

- Raconte-moi un autre morceau de ton histoire, dit-il après quelques instants.
- Est-ce vraiment nécessaire ? Pourquoi tu ne me laisses pas tranquille ?
- Comment voudrais-tu que je t'aide si je ne sais pas ce qui t'es arrivée ?
- Qu'est-ce qui te dit que j'ai envie d'être aidée ?
- Ce n'est pas comme si je te laissais le choix.
- Quel casse pieds !
- Allez, raconte…

**********

Les coups bas de Sophia envers Sophie s'accumulaient au fil des mois et Clémentine commençait vraiment à perdre patience. Et puis, ce fut la goutte d'eau qui renversa le vase. Ce jour-là Sophia entra en trombe dans la chambre. Ses doigts et ses lèvres étaient salis de chocolat. Elle passa ses doigts sur les lèvres de Sophie et sur ses joues, ensuite essuya le reste sur son couvre-lit

- Qu'est-ce que tu fais Sophia, demanda cette dernière.
- Tu vas recevoir une fessée !

Les fillettes entendirent la voix de leur mère qui demandait depuis la cuisine

- Qui a mangé mon gâteau ?
- J'ai tenu Sophie la main dans le sac. C'est elle la coupable maman !

On entendit des pas précipités dans l'escalier. Elle entra, verte de rage, dans la chambre des fillettes.

- Petite voleuse ! Elle gifla violemment la petite fille. Comment oses-tu ?

Elle la gifla encore une fois et Sophie tomba par terre.

- Combien de fois dois-je te répéter de ne pas toucher à ce qui ne t'appartient pas ?
- Mais maman je n'ai rien fait je te jure !
- Menteuse !

Elle regarda son visage et lui montra les draps.

- Et cela ? Comment l'expliques-tu ? Quel mensonge tu vas me sortir cette fois ?
- C'est Sophia la coupable ! Elle s'est essuyée la bouche avec...

- Tais-toi ! Elle est si douce, si gentille ma Sophia, jamais elle n'aurait fait cela. Mais pourquoi ne peux-tu être comme elle ? Pourquoi ? Trop c'est trop ! Tu as dépassé les bornes Sophie. J'en peux plus ! Je vais t'enfermer dans un couvent où je suis sûr qu'on parviendra à t'enseigner ce que c'est que la discipline !
- Tu te débarrasses de moi ?

Elle éclata en sanglots, s'agrippa aux pieds de sa mère et la supplia

- Non, maman, s'il te plait ne fais pas cela ! Je n'ai rien fait ! C'est Sophia je le jure !
- Lâche-moi ! Tu me dégoûtes ! Je ne veux plus te voir !

Elle bouscula Sophie et s'en alla plus furieuse que jamais. Sophia quitta aussi la chambre et ferma la porte sur la petite fille en pleure. Elle jubilait ! Son dur labeur avait enfin porté des fruits. Le lendemain, des étrangers vinrent chercher Sophie. Celle-ci eut beau supplier sa mère mais en vain. Celle-ci la regardait avec une telle haine que la petite fille compris que rien ne la ferait changer d'avis. Elle se laissa entraîner à contrecœur. Dans la voiture elle fit le serment de haïr sa sœur Sophia, jusqu'à son dernier souffle.

**********

## CHAPITRE 7

- C'est triste tout cela, dit Christian pendant qu'il finissait de faire la vaisselle.

Il se tourna vers elle

- Ta mère s'est vraiment débarrassée de toi à cause d'un morceau de chocolat ?
- Il n'y a pas que cela. C'est à cause d'une somme d'incident comme cela que ma mère a fait ce qu'elle a fait.
- Oui, mais quand même… c'est juste des bêtises d'enfant tout cela ! Même si tu étais vraiment coupable, on ne se débarrasse pas de son enfant pour cela !
- Ma mère a toujours eu des réactions excessives.
- Je commence maintenant à avoir un petit aperçu du tempérament de ta sœur…
- Maman n'a fait qu'alimenter son mauvais penchant. Avec les années cela avait empiré.
- Assez parler de tout cela.

Il avança vers elle et la mit debout.

- On va prendre une douche ensuite on va s'assoir calmement pour discuter de notre avenir et de celui de Stéphanie.
- Qui passe en premier toi ou moi ?
- On y va ensemble.

Elle recula d'un pas.

- Pardon ? Tu ne peux pas être sérieux !
- Je suis on ne peut plus sérieux.
- Je refuse !
- Ecoute, j'ai ma petite idée sur le pourquoi de ton refus de faire l'amour avec moi. Tu refuses d'en parler ? C'est ton choix. Alors j'ai décidé d'y aller doucement d'accord. Je promets de ne pas te sauter dessus. Alors ? on y va ?
- Je ne sais pas trop... j'ai des doutes sur ta démarche... pourquoi doit-on se baigner ensemble ?
- J'aimerais d'abord que tu t'habitue au fait qu'on soit nu tous les deux serrés l'un contre l'autre.
- Tu promets de ne pas me toucher ?
- Croix de bois, Croix de fer !
- Allons-y alors.

Il l'entraina dans la salle de bain avant qu'elle ne change d'avis. Il commença par enlever la robe de chambre qu'elle portait ensuite la chemise de nuit. Il recula pour l'admirer. Elle n'avait plus sur elle qu'une petite culotte blanche.

- Tu es magnifique ! Encore plus que dans mes souvenirs !

- Merci.

Il s'assura que l'eau était à la bonne température pendant qu'elle enlevait sa culotte. Il la fit entrer sous la douche et enleva précipitamment tout ce qu'il portait pour la rejoindre. Elle le regarda et la vision qu'il lui offrait lui coupa le souffle. Cet homme ferait pâlir de jalousie Apollon en personne, pensa-t-elle. Il s'approcha d'elle et l'enlaça. Elle sentit son sexe fièrement dressé contre son ventre et se raidit involontairement.

- Calme-toi, je ne vais pas te mordre.
- Je suis désolée, je ne peux pas m'en empêcher.
- Je sais. On va devoir changer cela.

Il commença par l'embrasser sur la joue, ensuite descendit tout doucement vers son cou où il s'attarda quelques instants. Il sentit son pouls s'accélérer. Il revint à ses lèvres et l'embrassa à nouveau pendant que des deux mains il lui caressa la poitrine, le ventre ; elle tressaillit.

Il s'écarta, et entreprit ensuite de la savonner. Il lui savonna les épaules, les bras, les seins, le ventre. Il la fit se tourner pour lui savonner le dos et les fesses. Elle lui fit face à nouveau et il s'agenouilla pour s'occuper de ses jambes. Les doigts de Christian glissaient sur Sophie comme une caresse. La respiration de celle-ci s'accéléra. Quand il arriva au niveau de son mont de vénus, elle l'arrêta.

- Cela, je peux le faire, dit-elle, et elle s'exécuta.
- Ok. C'est mon tour. A toi de me laver.

Elle fit la même chose et le savonna partout. Arrivé sur son pénis elle hésita.

- Vas-y, dit Christian. Je veux que tu le fasses.

Elle ferma les poings.

- Je ne pense pas que je pourrai...

Il lui prit la main et la pose d'autorité sur son pénis. Elle retient son souffle.

- Tu vois Sophie, c'est rien de mauvais, c'est juste une partie de moi. Il n'y a pas de quoi faire une crise de panique.
- Je ne...

Il l'interrompit d'un baiser. Il la souleva, l'adossa au mur de la douche et la remonta au niveau de ses hanches et lui fit croiser ses pieds dans son dos.

- Qu'est-ce que tu fais ?

Elle commença à s'agiter et essaya de s'écarter.

- Calme-toi chérie. J'ai promis de ne pas te bousculer tu te rappelles ? Je veux juste que tu t'habitue à m'avoir tout contre toi.
- Oh mon Dieu... murmura-t-elle

Il l'embrassa sans retenue, pendant que l'eau coulait sur leurs deux corps. La sensation du sexe dressé de Christian contre le sien la gênait et l'enchantait en même temps. Christian la relâcha brusquement.

- Désolé chérie, j'ai peur de ne pas pouvoir me retenir si je continue. On va tranquillement se rincer chacun de son côté et sagement sortir de cette douche ok ?
- Ça me va comme cela.

Ils firent comme Christian l'a dite et ensuite se rendirent chacun dans sa chambre respective. Quelques minutes plus tard, elle alla le retrouver dans le salon et s'assied à côté de lui sur le canapé.

- Alors ? qu'est-ce qu'on décide ? demanda-t-elle
- A propos de quoi ?
- De nous... de Stéphanie... de tout... il faut bien qu'on prenne une décision non ?
- Oui... j'y ai réfléchi et je pense qu'on devrait se marier.
- Pardon ? J'ai bien peur d'avoir mal entendu ? Tu as bien dit qu'on devrait se marier ?
- Oui... Stéphanie a besoin d'une famille et moi j'ai besoin de toi.
- On ne se marie pas à cause d'un bébé ! Mais t'es complètement malade ! s'exclama-t-elle.
- Ce ne sera pas seulement à cause d'elle, je t'aime et même si tu ne me l'a

jamais dit, je sais que tu m'aimes. Alors ? Pourquoi ne pas se marier ?

Elle se mit debout pour lui faire face.

- Pourquoi ? pour commencer, on vivrait où ? Chacun dans un pays différent ? Tu viendrais vivre aux Etats-Unis avec moi ?
- J'ai pensé que tu pourrais revenir vivre en Haïti... tu peux bien faire cela non ? Si ce n'est pour moi, fait le pour Stéphanie...
- Vraiment ? J'ai un business moi à Miami t'a oublié ? cela ne compte pas ?
- Tu pourrais tout vendre et faire autre chose ici, non ?
- Ah oui ? J'ai travaillé dur pour que cela marche, d'accord ? et j'y tiens beaucoup ! Je n'ai pas du tout l'intention de tout laissé tomber pour toi et le bébé de ma sœur !
- Tu ne pourrais pas une minute arrêter d'associer Stéphanie à ta sœur ? On parle d'un bébé innocent là, tu ne pourrais pas faire des concessions ?
- Faire des concessions... (Elle leva les bras au ciel d'un geste exaspéré) juste moi pas vrai ? Je dois tout bouleverser, renoncer à ce qui me tient à cœur, tout laisser tomber, juste comme cela... et monsieur continue sa petite vie comme d'habitude...

Elle le regarda quelques secondes le visage inexpressif. Brusquement, elle devient toute rouge et ses yeux lancèrent des éclairs.

- Cela c'est vraiment une réflexion d'homme ! Parce que je suis une femme, c'est à moi de faire les concessions ? Eh bien va te faire foutre !

Elle prit un pot de fleur qui se trouvait sur la table du salon et le propulsa sur Christian qui l'évita de justesse. Il se mit debout et se dressa devant elle de toute sa hauteur. Il était vraiment immense et elle dut lever la tête pour lui parler.

- Tu essaie de m'intimider avec ta hauteur ? Ce n'est pas parce que je t'arrive à peine aux épaules que je vais m'enfuir en courant.
- Sophie je commence à en avoir assez ! Je te prie d'arrêter tout de suite ta comédie avant que je ne perde patience.
- Quelle comédie ? Alors pour toi ma vie est une comédie ?
- Ce n'est pas ce que j'ai dit. Arrête de prendre tout ce que je dis de travers tu veux bien ?

Il pointa du doigt le canapé derrière lui.

- Tu as beaucoup de chance que j'ai pu éviter ce truc, parce que s'il m'avait atteint tu aurais de gros problèmes, je t'assure.

- Tu m'aurais fait quoi ? Tu m'aurais donné une fessée ? Tu penses que tu me fais peur ?

Il avança d'un pas et se retrouva tout près d'elle.

- Tu devrais avoir peur de moi, murmura-t-il.
- Tu dis que tu veux qu'on se marie, tu as pensé à ta mère ? Elle ne voudra jamais j'en suis sûr... Alors ? il va faire quoi le fils à maman ?

Elle battit des cils et fit une moue.

- Il va oser l'affronter ?

Christian enlaça Sophie et serra si fort qu'elle avait l'impression que sa colonne vertébrale était sur le point de se rompre.

- J'ai dit que j'en avais assez ! s'exclama-t-il.
- Christian... arrête... tu me fais mal. Murmura-t-elle tout en essayant de s'écarter, en vain.
- Ne prend pas ma patience pour une faiblesse tu m'entends ?
- Ok ! Ok ! lâche-moi maintenant

Christian la relâcha. Elle recula prudemment.

- J'ai cru un instant que tu allais me briser en deux !

Au même moment le téléphone de Christian se mit à sonner. Il le prit sur la table du salon et répondit.

- Allo ? ... Que se passe-t-il ?... On vient tout de suite !

Il se précipita dans sa chambre pour prendre ses clés de voiture.

- Sophie, il faut qu'on aille à l'hôpital, dit-il en revenant vers le salon
- Qu'est-ce qui ce passe ?
- C'est ta mère, elle va très mal. On pense qu'elle ne passera pas la journée. Elle te réclame, il faut que tu viennes.

Elle le regarda se diriger vers la porte.

- Alors tu viens oui ?
- Pourquoi ?
- C'est ta mère je te signale !
- Et alors ?
- Tu ne voudrais pas lui dire au-revoir ?
- Je lui ai déjà dit tout ce que j'avais à dire. Je ne vois pas en quoi ma présence lui est si précieuse ! Elle m'a ignorée pendant la majeure partie de ma vie. Pour le reste, elle m'a battue, humiliée, méprisée ! Alors, dis-moi Christian, pourquoi voudrais-je y aller ?

Christian revient vers elle, la prit par le bras et la traina vers la sortie.

- Tu viens un point c'est tout.

Dans la chambre d'hôpital sa mère était vraiment très mal en point. Elle était sous oxygène et reliée à des tas d'appareils. Elle avait déjà l'air d'un cadavre. On aurait dit qu'on lui avait aspirée toute sa vitalité. Elle faisait vraiment peine à voir. Mais étrangement cela n'affectait Sophie en rien. Elle avait seulement pitié de cette pauvre femme couchée sur un lit d'hôpital, attendant une mort plus que certaine. Clémentine déposa une main si faible sur celle de Sophie que celle-ci la sentit à peine. Elle dut approcher ses oreilles des lèvres de la mourante pour entendre ce qu'elle disait.

- Sophie... murmura-t-elle, pardonne moi... je t'en prie... Je suis tellement désolée...
- J'aimerais tellement pouvoir te dire que je te pardonne maman, mais ce serait te mentir.
- Oh Sophie... je t'ai fait tellement de mal...

Elle ne dit plus un mot. Elle regarda juste sa fille, les larmes aux yeux. Elle lutta pendant deux longues heures contre la mort, attendant vainement un pardon. Ensuite, elle ferma doucement les yeux et s'en alla définitivement.

Sophie ne versa pas une seule larme. Elle regarda la main sans vie de sa mère glisser sur le lit. En ce moment, elle se sentait seulement vide de toute émotion.

- Sophie ça va ? Tu n'as besoin de rien ? un verre d'eau peut-être ?demanda Christian

- J'ai l'air d'avoir besoin de quelque chose? répondit-elle en levant son visage inexpressif vers lui.
- On rentre ? J'ai déjà tout organisé. Tu n'as pas à t'inquiéter de quoi que ce soit.
- Mais... je ne suis pas inquiète.
- Allons-y

Elle se leva et partit sans un regard en arrière pendant qu'on venait prendre le corps de sa mère.

Ce soir-là, quelque chose dérangeât le sommeil de Sophie. Elle n'eut d'abord pas conscience de ce que c'était. Elle essaya de bouger. Elle se réveilla soudain quand elle comprit qu'un bras la retenait prisonnière. Elle poussa un cri. Une main la bâillonna.

- Chut... ce n'est que moi, dit Christian
- Mais qu'est-ce que tu fais dans mon lit, demanda-t-elle quand il eut retiré sa main.
- Désolé de t'avoir réveillé. Je pensais seulement que tu aurais besoin d'une épaule pour pleurer alors je suis venu te consoler c'est tout.
- J'ai l'air d'avoir besoin de consolation ?
- Ne me dit pas que la mort de ta mère ne te fait rien du tout. Je ne te croirai pas !
- Eh bien, je ne le dirai pas...
- Sophie franchement... (il secoua la tête)
- Je vais bien tu vois ? alors vas dans ta chambre et laisse-moi tranquille.

Il approcha son nez des cheveux de Sophie, il inspira.

- Hum... tes cheveux sentent tellement bon ! j'adore !
- Christian !

Elle s'agita et sa main tomba sur son sexe dressé

- Mais tu es complètement nu !

Il l'embrassa pour la faire taire. Ses lèvres glissèrent ensuite doucement sur son cou.

- Christian ! protesta-t-elle.
- Chut ! laisse-toi faire mon amour. Je ne vais pas te blesser.

Il fit glisser les bretelles de la chemise de nuit des épaules de Sophie pour pouvoir jouer librement avec ses seins. Celle-ci n'osa plus protester. C'est si bon, pensa-t-elle. Christian la fit s'asseoir, enleva la chemise de nuit et alluma la lampe de chevet pour pouvoir mieux l'admirer.

- Wow... mon amour ! Tu ferais se damner un saint !
- Vile flatteur !
- Mais, c'est vrai ! Regarde toi... tu es la beauté incarnée. J'ai beaucoup de chance de t'avoir.
- C'est gentil. (elle sourit) Qu'est-ce qui te dit que tu m'as ? Tu es tellement sur de toi.
- Je sais que je suis l'amour de ta vie.

- Vraiment ? Qu'est-ce qui te fait croire cela ? Je pourrais avoir un copain qui m'attend à Miami.
- Impossible ! Je sais que je suis le seul homme de ta vie !
- Prétentieux !
- Assez parler !

Il l'embrassa pour la faire taire, l'allongea à nouveau sur le lit et reprit son petit jeu avec ses seins. Il glissa ensuite lentement vers son ventre qu'il caressa longuement. Sophie n'arrivait plus à penser et était plongée dans un univers de sensation qui la bouleversait complètement. Il descendit ensuite vers ses pieds qu'il embrassa l'un après l'autre. Il promena doucement ses lèvres sur sa jambe et remonta vers l'intérieur des cuisses. Sophie tressaillit. Christian embrassa ensuite le cœur de sa féminité. Il suça un instant son clitoris ensuite le titilla du bout de la langue. Son doigt remplaça ensuite la langue qui alla s'introduire dans le sexe accueillant.

Sophie sentit ses reins bouger d'eux-mêmes tandis qu'une sensation de félicité l'envahissait depuis son sexe pour se propager dans tout son corps. Les doigts et la langue de Christian changèrent de place tandis qu'il accélérait la cadence. Sophie lui empoigna solidement la tête et ses reins suivirent le nouveau rythme. Elle se sentit monter... glisser vers les nuages...

- Christian ! cria-t-elle pendant qu'elle atteignit le sommet de l'extase

Il remonta vers son ventre où il promena un instant ses lèvres, ensuite il revient vers les seins dont il suça les mamelons. Il remonta vers le cou et embrassa tendrement Sophie. Il s'allongea doucement sur elle pendant qu'il l'embrassait. Sophie sursauta quand elle senti leurs sexes se rencontrer.

- Hé ! Tu avais promis ! protesta-t-elle
- Ne t'inquiète pas. Tout va bien se passer d'accord ?

L'abstinence imposée par Sophie rendit Christian imprudent. Il oublia les problèmes de celle-ci et perdit tout control. Il commença à la pénétrer doucement. Sophie regarda Christian au-dessus d'elle et une autre image s'imposa brusquement à elle. Elle se retrouva plusieurs années en arrière à revivre la scène la plus traumatisante de son existence. Elle poussa un cri à glacer le sang. Christian se retira, inquiet.

- Sophie ?
- Vas-t-en ! s'écria-t-elle en le repoussant. Vas-t-en ! Laisse-moi tranquille !

Elle se recroquevilla sur le lit et éclata en sanglot. La réaction de Sophie laissa Christian sans voix. Il lui toucha l'épaule.

- Non ! Vas-t-en ! cria-t-elle encore plus fort.

Il dut la laisser tranquille. Il rejoignit sa chambre, se demandant ce qu'il a bien pu faire pour la mettre dans cet état. Christian entendit Sophie sangloter durant toute la nuit. Il s'en voulait amèrement. Il voulait se faire pardonner mais n'osa pas aller la trouver de peur de provoquer une crise de nerf.

Le lendemain matin, il se rendit dans sa chambre, espérant qu'elle s'était un peu calmée mais Sophie dormait toujours. Ne voulant pas la déranger, il s'en alla, en silence, sans lui avoir parlé. Une demi-heure plus-tard Sophie se leva, prit immédiatement le téléphone.

Pendant que cela sonnait, elle ouvrit la penderie, pris une mallette qu'elle déposa sur le lit. Elle l'ouvrit, puis se dirigea vers la penderie où elle prit une tenue qu'elle laissa sur un coté du lit, elle retira tous les autres vêtements qu'elle jeta en vrac dans la mallette.

- Allo Michelle ?
- Madame Addison ?
- Oui, c'est moi. Comment cela se passe ?
- Tout roule comme sur des roulettes Madame. Vous nous manquez beaucoup. Quand est-ce que vous avez l'intention de revenir ?
- Tout de suite si possible.

- Aujourd'hui ? Mais je n'ai encore réservé de place sur aucun vol pour vous.
- Et moi je n'ai pas l'intention de rester une seconde de plus ici.
- Pourquoi cette précipitation ? Est-ce qu'il y a un problème ?
- Tout va bien. Débrouille-toi juste pour me trouver une place sur n'importe quel vol en partance pour les Etats-Unis même si c'est en économique.
- Très bien Madame si vous insistez.
- Bien sûr que j'insiste. Je vais directement à l'aéroport. J'attends ton appel. Souviens-toi, n'importe quel vol, à n'importe quel prix, du moment que cela va aux Etats-Unis. Tu as compris ?
- J'ai compris.
- Fais ce qu'il faut. Je compte sur toi.
- Je vous appelle dès que j'ai trouvé quelque chose.

Elle ferma la mallette, se rendit dans la penderie et pris une valise. A l'aide de son bras elle fit glisser tout ce qui se trouvait sur la table de nuit dedans. Elle ouvrit le tiroir, prit tout ce qu'il y avait à l'intérieur qu'elle jeta dans la valise. Elle prit une feuille de papier et griffonna quelque chose dessus et le laissa sur l'oreiller. Elle se rendit ensuite dans la salle de bain, prit une douche rapidement et s'habilla. Elle se passa une brosse dans les cheveux, prit ses affaires et s'en alla.

# CHAPITRE 8

Quand Christian arriva dans l'après-midi, il ne la trouva pas dans l'appartement. Il se rendit dans la chambre qu'il trouva sans dessus-dessous. La penderie grande ouverte et vide et le lit défait. Il trouva le mot qu'elle avait laissé sur l'oreiller et lit :

*Cher Christian,*

*Mon départ précipité à du te décevoir mais je n'avais pas le choix. Cela fait maintenant plusieurs jours que je l'évoque et j'ai l'impression que tu ne m'as jamais prise au sérieux. Te voilà devant le fait accompli !*

*Au cas où tu te reprocherais quelque chose, sache que cela n'a rien avoir avec toi. Tu ne m'as rien fait de mal, d'accord ? C'est juste que tout cela me rappelle trop de mauvais souvenirs.*

*Concernant Stéphanie, je suis sûre que tu feras un merveilleux père pour elle. Je te souhaite une bonne vie.*

*Sophie*

Christian froissa le papier et, d'un geste rageur, l'envoya promener dans l'autre pièce.

*Chez Sabine*

- Quand je pense qu'elle a osé s'enfuir ! explosa Christian. Alors, elle pense que je suis quelqu'un qu'elle peut jeter !
- Christian calme toi, dit Sabine.
- Que je me calme ! Comment veux-tu que je me calme ?

Il se leva et se mit à arpenter la pièce.

- Tu ne comprends pas... Sophie c'est... mon oxygène... Tu connais quelqu'un qui peut vivre sans oxygène ?
- Waw... Tu es vraiment accro à ce que je vois…
- Oui...
- Et tu envisages de l'épouser ?
- Ah oui !
- Qui l'aurait cru... toi devant moi, en train de parler de mariage ?
- Et alors ?
- Christian, tu as toujours été un coureur de jupon et le mariage te faisait flipper carrément ! Même pendant ta période « campagne »... l'engagement n'a jamais été ta tasse de thé...

Il s'assied à côté d'elle.

- C'est vrai. Pour ta gouverne à l'époque je n'avais que 20 ans et à cet âge on ne cherche pas à s'engager... on s'amuse !
- Et maintenant ?
- Eh bien... maintenant... c'est différent... sans elle je suis incomplet tu comprends ? c'est elle que je veux... je suis prêt à l'accepter avec tous ses défauts et ses problèmes.
- Vas la trouver alors et dit lui ce que tu viens de dire et tu verras que tout se passera bien.
- Je ne peux pas... pas tout de suite…
- Pourquoi ?
- Je dois d'abord organiser les funérailles de sa mère.
- Pourquoi est-ce à toi de le faire ? Tu as déjà fait ceux de sa sœur.
- Je le fais parce que je veux d'accord ? Ensuite je ne connais pas du tout son adresse à Miami.
- Alors cherche !
- Merci sœurette, je ne sais pas ce que je ferais sans toi.

Ils se donnèrent un gros câlin.

- Maman ne va pas du tout aimer cela, dit Sabine.
- Je m'en fiche. C'est Sophie que je veux et personne d'autre. Maman n'a pas son mot à dire là-dessus.

- Cela ne sera pas facile de la convaincre. Tu lui as donné de très mauvaises habitudes et elle pense qu'elle a tous les droits sur toi.
- Je sais... (il soupira) il y a pas si longtemps ma vie me convenait très bien telle qu'elle était et je n'avais pas conscience de l'attitude de maman à mon égard.

Elle lui ébouriffa les cheveux

- Tu t'es enfin décidé à grandir petit frère, je suis fière de toi !
- Arrête, dit-il en lui enlevant la main des cheveux. Je ne suis plus un gamin !
- T'as l'intention de la ramener en Haïti ?
- Je ne sais pas encore ce que je vais faire. Je vais procéder par étape. Le plus important maintenant c'est qu'on ait une sérieuse conversation.
- Bonne chance avec Sophie.
- C'est gentil.

**********

Une infirmière hurlait dans le couloir

- Madame ! Madame arrêtez ! Vous n'avez pas le droit d'entrer ! Madame !

Une femme entra à vive allure dans le cabinet de Christian. Quand il vit que c'est sa mère il fut surpris.

- Maman ? Mais qu'est-ce que tu fais là ?
- Christian dit moi que c'est une plaisanterie ! Cela ne peut pas être vrai ce qu'on m'a dit !
- De quoi tu parles ? Pourquoi tu es là ? Cela ne peut pas attendre ? Je travaille là.

L'infirmière entra à son tour

- Je suis désolée docteur, je n'ai pas pu la retenir !
- Tout va bien Marie, c'est ma mère, tu peux nous laisser deux secondes ?
- Comme vous voulez docteur.

Elle s'en alla. Christian se tourna vers sa mère.

- Alors maman, dis-moi, qui t'a dit quoi ? Et pourquoi diable tu te permets de me déranger sur mon lieu de travail ?
- Comment ? Je suis ta mère et je passe te voir quand et où cela me chante, d'accord ?

Elle prit une chaise, s'assied et croisa les jambes.

- Bon, commença-t-elle, j'ai entendu dire que tu as l'intention de partir à la recherche de cette fille ? Sophie c'est cela ?
- Et alors ? En quoi cela te regarde-t-il ?
- Cela me regarde parce que je suis inquiète pour toi mon fils. Depuis qu'elle a débarqué je ne te reconnais plus ! Pour commencer tu as pris son parti

quand elle  a eu l'audace de me tourner le dos alors que j'ai eu la gentillesse de la proposer l'héberger. Ensuite tu déménages ? Et maintenant j'apprends que tu vas, comme un toutou, poursuivre cette chienne en chaleur jusqu'aux Etats-Unis ? Tu as perdu la tête mon fils ? Mais à quoi tu penses ?

- Eh ! surveille ton langage quand tu parles de ma fiancée tu m'entends ! s'exclama-t-il en colère.
- Ta fiancée ?
- Tu as bien entendu... j'ai l'intention de faire d'elle ma femme que cela te plaise ou non.
- Il ne manquait plus que cela ! Je te l'interdit tu m'entends !
- Mais qu'est-ce qui te fait croire que t'as ton mot à dire là-dessus ?
- J'ai toujours eu mon mot à dire te concernant ! Tu es ma plus belle réussite. Tu as toujours écouté mes conseils jusqu'à présent. C'est sûrement cette petite trainée qui t'a bourré le crâne avec ces idées stupides !
- Je te défends de traiter la femme de ma vie de trainée tu m'entends !

Il se leva et montra la porte du doigt.

- Tu vas me faire le plaisir de débarrasser le plancher ou j'appelle la sécurité et je te fais expulser de l'hôpital !

Elle porta une main à sa gorge abasourdie.

- Toi mon fils ? Toi la chair de ma chair ? Tu oses me parler sur ce ton ? Tu oses m'expulser ?
- Dehors ! cria-t-il, hors de lui.

Elle se leva tremblante et se dirigea vers la porte, mais avant de partir elle se tourna vers lui menaçante.

- Moi vivante, jamais cette fille n'intègrera la famille tu m'entends ? JAMAIS !

Elle s'en alla la tête haute. Christian se laissa tomber sur sa chaise.

- Eh bien maman, murmura-t-il, si Sophie ne peut pas entrer dans la famille, c'est moi qui m'en vais.

Il prit le téléphone et composa un numéro

- Allo Sabine ?
- Oui Christian, qu'est-ce-qui se passe ?
- Quand je pense que j'avais confiance en toi ! Comment as-tu pu me faire cela ?
- Mais... qu'est-ce que j'ai fait ?
- Maman vient à l'instant de me faire une scène à propos de Sophie. Sur mon lieu de travail tu te rends compte ?
- Ecoute... ce n'est pas ce que tu crois...
- Ne me dis pas un truc pareil ! Je n'en ai parlé qu'à toi ! Alors je ne peux même pas avoir confiance en toi ?
- Laisse-moi t'expliquer !
- Vas-y, j'écoute.

- Ok. Voilà. C'est simple. Victor et moi on était en train de parler de toi et de ton amour pour Sophie. Maman a dû écouter notre conversation c'est tout ! Je te jure que j'ai rien dit et Victor non plus ! Tu sais que je ne t'aurais pas fait cela ! Tu le sais n'est-ce pas ?
- Je sais. Désolé de m'être emporté. C'est juste que... je n'arrive pas à comprendre l'attitude de maman. Elle n'est pas comme cela d'habitude.
- Je ne sais pas. Peut-être qu'elle pensait que tu resterais indéfiniment le chouchou à sa maman. Mais elle devrait savoir qu'un fauve comme toi ne reste pas en cage indéfiniment.
- Bon, j'y vais.
- Bye...

*Deux semaines plus tard*

Christian descendit du taxi et paya le chauffeur. Il leva la tête pour regarder le building en face de lui. Il entra et se dirigea vers la réceptionniste.

- Bonjour, dit-il
- Bonjour Monsieur comment puis-je vous aider ?
- Agence Addison s'il-vous-plait.

Elle regarda dans une liste située sur son bureau et répondit

- 18ème étage Monsieur.
- Merci, répondit Christian en se dirigeant vers les ascenseurs.

Arrivé à destination, il sortit de l'ascenseur et regarda autour de lui. L'entreprise de Sophie qui occupait tout l'étage avait l'air désert. Il ne savait pas quelle direction prendre. Quelques minutes plus-tard, une femme de ménage arriva du couloir qui partait sur la droite.

- Bonjour Monsieur, vous avez l'air perdu.
- Bonjour, je cherche Madame Addison et je ne sais pas trop où me rendre.
- Ah... c'est facile, prenez le couloir. Vous allez jusqu'au fond et tournez à gauche.
- Merci infiniment.
- Il n'y a pas de quoi.

La femme de ménage continua son chemin et Christian partit dans la direction indiquée. Il trouva une jeune femme blonde assise dans un bureau en face d'une porte où il était marqué : « Madame Sophie A. Addison, PDG »

- Bonjour Monsieur, que désirez-vous.
- Bonjour, je voudrais voir Mme Sophie Addison s'il-vous-plait.
- Avez-vous rendez-vous ?
- Non.
- Asseyez-vous. J'irai voir si elle peut vous recevoir dans quelques instants.

- Merci.

Elle lui indiqua les fauteuils qui se trouvaient dans une espace aménagée en salle d'attente. Christian alla s'assoir. Quelques minutes passèrent, puis la porte de Sophie s'ouvrit laissant passer un homme d'un certain âge.

- Au revoir Michelle, dit-il en direction de la secrétaire.
- Au revoir Monsieur Charles, à la prochaine, répondit-elle.

Elle se leva et demanda .

- Qui dois-je annoncer ?
- Christian Jean-François.
- Attendez un instant.

Elle frappa à la porte de Sophie

- Entrer ! répondit-elle

Michelle entra et ferma la porte derrière elle. Cinq minutes plus-tard, elle ressortit.

- Vous pouvez entrer, dit-elle, Mme Addison va vous recevoir.
- Merci répondit Christian.

Il se leva, passa par la porte qu'elle avait laissée ouverte pour lui et ferma derrière lui. Il se tourna vers Sophie et s'avança vers elle.

- Bonjour Sophie chérie, tu as l'air magnifique aujourd'hui !

Il se pencha et l'embrassa sur les lèvres

- Bonjour Christian, mais qu'est-ce que tu fais là ?
- Je suis venue te voir. Cela se voit non ?

- Comment tu as fait pour me trouver ?
- Facile, tu es dans l'annuaire chérie.
- Oh... puisque tu es là... Assieds-toi...

Il s'exécuta

- Ton bureau à l'air désert, dit-il
- J'ai une agence d'emploi. J'ai eu de la chance cette année, tous mes intérimaires ont pu être placés quelque part. J'emploie à peine une dizaine de personnes à temps plein. Quand j'ai besoin de bras supplémentaire j'engage l'un de mes intérimaires pour le faire. C'est pour cela que le bureau a l'air désert.
- Pourquoi louer tout l'étage pour seulement dix employés à temps plein ?
- Parce que j'aime évoluer dans de grands espaces.
- C'est du gaspillage je trouve.
- Pas du tout. J'ai eu de bons bénéfices cette année, d'après mon comptable. Mes intérimaires sont très demandés, tu sais ?
- Ok. C'est bien.
- Je suppose que tu n'as pas fait tout ce chemin pour me parler de mon travail, alors ? Qu'est-ce que tu veux Christian ? Qu'est-ce que tu fais là ? Je n'ai pas été claire dans le mot que je t'ai laissé ?
- Et moi ? Je n'ai pas été clair quand j'ai dit que je te poursuivrai partout où tu iras ? Je n'ai pas du tout l'intention de te

perdre d'accord ? fourre toi cela bien dans le crane.

- Ok ! Ok ! inutile d'être vulgaire ! Alors ? On fait quoi ? Je te signale qu'on vit dans deux pays différents. Je n'ai pas du tout l'intention de laisser tomber ma boite. Tu vas faire quoi ? T'installer à Miami ?
- Je ne sais pas encore. On pourrait peut-être penser à un compromis ?
- Quel compromis ?
- Eh bien... Tu pourrais ouvrir une succursale en Haïti.
- Je pourrais ouvrir une succursale ? Parce que je suis une femme, c'est à moi de faire tous les compromis ? Pourquoi tu ne parles pas des compromis que, toi, tu pourrais faire ? Comme, par exemple, tu pourrais quitter l'hôpital et ouvrir ton propre cabinet ? Cela te permettrait de voyager plus souvent.
- Un cabinet ? Je n'ai pas pensé à cela.
- Tu es là pour combien de temps ?
- Je n'ai encore rien prévu. Je suis là pour une durée indéterminée. J'ai pris un congé exceptionnel.
- Ok.
- Comment va Stéphanie ? Tu es venu avec elle ?
- Non. Je n'ai pas pu.
- On fait quoi maintenant ?

- On pourrait sortir d'ici pour aller quelque part. Au restaurant par exemple ? Il est temps que tu me racontes toute l'histoire, et pas de dérobade cette fois !

Sophie soupira.

- Ok. Allons-y.

Elle prit son sac et se leva. Ils quittèrent la pièce.

- Michelle, j'ai d'autre rendez-vous pour la journée ?
- Non Madame.
- Alors on se voit demain. Surtout prends tous les messages d'accord ?
- Bien sûr Madame Addison, Comptez sur moi.

Ils quittèrent le bureau par le même ascenseur que Christian avait pris pour monter. Ils descendirent au parking et quittèrent le bâtiment avec la voiture de Sophie.

Arrivés au restaurant, ils allèrent s'asseoir dans un coin tranquille pour discuter. Christian attendit qu'ils aient passé leurs commandes.

- Alors Sophie, dit-il, tu vas maintenant me raconter toute l'histoire et cette fois tu vas tout me dire.
- Pourquoi tu tiens tant à savoir ? Pourquoi tu ne me laisses pas tranquille moi et mes problèmes ? Pourquoi insister autant ?

- Tu veux vraiment que je réponde à ces questions ? Tu ne connais vraiment pas les réponses ?

Elle le regarda quelques secondes et soupira.

- Je sais... tu m'aimes... et je ne comprends vraiment pas ce que tu peux bien me trouver...

Il se pencha et prit ses mains dans les siennes.

- Ecoute chérie, je veux que ce soit clair pour toi. Tu es une femme merveilleuse. Je t'aime avec tes défauts et tes qualités. Je t'accepte telle que tu es. Je suis prêt à supporter tes problèmes et t'aider à les surmonter.

Il se redressa sur son siège et croisa ses bras sur sa poitrine.

- Maintenant... raconte-moi toute l'histoire.
- (elle soupira) Où en étais-je ?
- Ta mère t'a expédié à la campagne.
- Ok. Après quelques mois à subir les mauvais tours de ma sœur, ma mère en a eu marre et comme d'habitude c'est moi qui en faisais les frais. Un matin, plusieurs personnes sont venues à la maison. Ma mère disait qu'elle m'envoyait dans un couvent strict où on m'enseignerait la discipline qu'elle n'arrivait pas à m'inculquer. J'ai eu beau jurer mon innocence, me trainer à ses pieds, quémander son pardon, rien à

faire. Elle tenait vraiment à se débarrasser de moi. Je la dégoutais. Quant à Sophia, elle était aux anges ! Enfin débarrassée de moi elle disait. Enfin... c'est une petite fille en larme qu'on a trainé hors de la maison.

Elle s'interrompit le temps que le serveur dépose leurs commandes sur la table. Sophie reprit là où elle s'est arrêtée.

- Arrivée à destination, j'ai bien vite compris qu'on ne m'emmenait pas dans un couvent. C'était juste une petite maison décrépie située dans un coin reculé du pays. Maman leur envoyait de l'argent régulièrement pour mon « soi-disant » éducation. En fait, je n'étais qu'une domestique, rien de plus. Durant les 10 années que j'ai passé là-bas, on ne m'a jamais envoyée à l'école.
- Je sais cela... je t'ai passé mes notes...
- Et je te remercie. Je les dévorais ! J'avais tellement soif de connaissance ! L'école me manquait terriblement. J'attendais avec impatience que vienne l'été pour que tu m'apportes des nouveautés.
- Je me rappelle que c'est la première chose que tu me demandais chaque fois que je venais... et cela bien avant de dire bonjour !
- Oui ! (elle éclata de rire)
- Comment est-ce qu'ils te traitaient ?

- Assez bien en fait. Ils n'ont que rarement levé la main sur moi. Du moment que je faisais tout ce qu'ils attendaient de moi, il n'y avait pas de problème. J'avais même droit à une journée par semaine, entièrement livrée à moi-même, comme tous domestiques. Mais contrairement à eux, je n'étais pas rémunérée. Ils gardaient pour eux tout l'argent qu'envoyait ma mère. Je n'avais pas le droit d'aller à l'école, ils n'avaient pas l'intention de dépenser un seul centime pour moi.
- Les radins !
- Tu peux le dire ! Je travaillais 20 heures par jour 6 jours sur 7. Ma journée de repos était une consolation. Je pouvais faire ce que je voulais sans que personne ne s'en soucie.
- Et quand j'étais là, on la passait ensemble.
- Oui. C'était vraiment cool. Les journées que je passais avec toi les étés me permettaient de supporter tout le reste de l'année. Ensuite j'ai eu dix-huit ans et j'ai décidé que, étant donné que j'étais majeure, j'allais rentrer chez moi et réclamer ma part de l'héritage.
- Ils n'ont pas essayé de te retenir ?
- A quoi bon ? Ils ne pouvaient pas me retenir contre mon gré. Je connaissais les horaires de tous les bus. Ils ne me

donnaient pas un centime mais je pouvais facilement en avoir si je le voulais.

- Comment ?
- J'ai toujours su où ils rangeaient leur argent. Même si ce serait légitime que j'en prenne, ma mère envoyait cet argent tous les mois pour une éducation que je n'ai jamais reçue. Mais, je ne suis pas comme ma sœur, je n'y ai jamais touché.
- Continue. Il s'est passé quoi quand tu es revenue à Port-au-Prince ?
- Ma sœur l'a très mal pris.
- On pourrait s'en douter.

**********

## CHAPITRE 9

Sophie descendit du taxi. Elle attendit patiemment que le chauffeur sortit ses maigres bagages du coffre. Elle le paya, prit les valises et fit face à la maison. Dix années se sont écoulées depuis que sa mère l'avait chassée. Pas un muscle ne bougea sur son visage. Elle avança vers la porte d'entrée et sonna. Après quelques instants des pas résonnèrent dans la maison et la porte s'ouvrit sur une Sophia plus belle que jamais. Celle-ci la détailla de la tête aux pieds et méprisante, déclara :

- Mais qui vois-je ? Quand est-ce que tu apprendras à t'habiller ?

Leurs yeux se croisèrent et ceux de Sophie étaient d'une froide indifférence.

- Qu'est-ce que tu veux Sophie ? Je ne veux pas de toi dans cette maison ! Va-t'en tout de suite !

Elle ne répondit pas et fit un pas dans l'intention d'entrer dans la maison mais Sophia lui barra le passage.

- Serais-tu devenue sourde ? Vas t'en je te dis !

Sophie resta inébranlable. Pas un son ne sortit de sa bouche. Elle fit un autre pas en direction de la porte et se trouva nez à nez avec sa jumelle.

- Aurais-tu perdu la langue ? Qu'est-ce que tu as ? On dirait un robot !

Devant ce masque d'indifférence, Sophia perdit brusquement le contrôle de ses nerfs.

- Réagit bon sang ! Elle gifla Sophie et la secoua. Parle ! Dis quelque chose !

Pendant qu'elle levait la main pour lui donner une deuxième gifle, Sophie sonna une seconde fois à la porte.

- Oui, oui, j'arrive ! Dit une voix à l'intérieur de la maison.

Leur mère apparut derrière Sophia

- Ah, tu es là Sophia chérie ? Avec qui es-tu ?

Celle-ci lâcha sa sœur et libéra le passage

- Sophie ! Cria la maman, étonnée. Tu es de retour ma fille ?
- Bonjour mère, ai-je l'autorisation d'entrer chez vous ?
- Mais bien sur ma chérie, tu seras toujours la bienvenue chez moi voyons.
- Ce n'est pas l'impression que j'ai eu quand vous vous êtes débarrassée de moi il y a 10 ans.
- Qu'est-ce que tu racontes ? Comment peux-tu penser une telle chose de moi ?

- Je m'installe dans la chambre d'amis si cela ne te dérange pas, dit Sophie en ignorant la question.
- Tu ne veux pas être avec ta sœur ? Depuis le temps que vous ne vous êtes pas vue ?
- Je m'installe dans la chambre d'amis.
- Comme tu veux.

Ignorant volontairement Sophia, Sophie entra dans la maison, se dirigea vers la chambre et verrouilla de l'intérieur. Le soir, dans le salon, Sophia et sa mère discutaient tranquillement quand entra Sophie. La conversation s'interrompt instantanément.

- Ne vous inquiétez pas mère. Je ne vous importunerai pas longtemps. Je suis majeure maintenant. Vous devez me donner ma part de l'héritage je disparais à jamais de votre vie.
- Qu'est-ce que tu dis ? Mais comment est-ce que tu me parles ? C'est cela l'éducation qu'ils t'ont donné là-bas ? C'est pour ce résultat que j'ai dépensé autant d'argent ?
- Qu'est-ce que cela peut bien vous faire ? Vous ne vous êtes jamais inquiétée de mon sort.
- Tu te trompes, je …
- Ne gaspillez pas votre salive en explications inutiles. Je ne veux rien savoir. Je veux mon argent c'est tout.

C'est pour cela que je suis venue et rien d'autre.

- C'est hors de question ! S'écria Sophia. Tu ne m'as pas adressé la parole depuis ton arrivée. Tu n'auras pas un centime tant que tu n'auras pas changé d'attitude à mon égard. J'exige que tu t'excuses tout de suite !

Sophie se tourna enfin vers elle et la regarda des pieds à la tête avant de déclarer.

- Très chère Sophia, je ne suis plus la petite fille de 8 ans terrorisée par toi. J'ai grandi hors de tes magouilles et tu ne m'impressionne plus. Tu n'as donc plus d'influence sur moi. Désormais je ne me préoccupe plus de tes états d'âme et j'ai pas du tout l'intention de m'excuser pour quoi que ce soit.

Sophia regarda sa sœur, estomaquée. Elle se tourna ensuite vers sa mère

- Maman ! tu vois comment elle me parle ? Tu as l'intention de laisser passer cela ?
- Mère, cet argent m'appartient, intervient Sophie. Le conserver serait un vol. Donnez-le-moi pour que je puisse m'en aller.
- Eh ! De quel droit oses-tu prétendre que cet argent puisse t'appartenir ? Cria Sophia.

Sophie se tourna vers sa sœur et son regard se fit plus froid encore.

- Je n'ai pas de temps à perdre à écouter une hystérique.
- Comment oses-tu me traiter de la sorte ? Je te le ferai payer tu m'entends ?!

Sophia, furieuse tourna les talons et partie. Après quelques instants on entendit la porte d'entrée claquée violemment. Sophie se tourna vers sa mère

- Mère, je vous le demande une dernière fois, donnez-moi mon argent. Il me revient de droit ! Si vous osez me le refuser je porterai plainte contre vous et je jure que j'obtiendrai gain de cause ! Vous n'avez jamais voulu de moi de toute façon. Donnez-moi mon argent pour que je puisse enfin disparaitre de votre vie.
- C'est ce que tu penses ? Que je ne voulais pas de toi ?
- D'habitude, quand on se débarrasse d'un enfant, c'est qu'on ne veut pas de lui.
- Je ne me suis pas débarrassée de toi...

Elle l'interrompit.

- Ne pensez pas que j'accorderai du crédit à ce que vous avez l'intention de dire. Alors ? Mon argent ?
- D'accord ma chérie. De toute façon même si je le voulais je n'aurais jamais

pu y toucher. Ton père ne m'aurait jamais laissé faire.

- Vraiment ? Ce poltron à oser tenir tête ? J'ai du mal à le croire !
- Surveille ton langage quand tu parles de ton père d'accord ? Pour l'argent tu devras attendre. Le processus prendra du temps.
- Bonne nuit mère.
- Tu ne manges rien ?

Elle l'ignora, tourna les talons et s'enferma dans sa chambre. On ne la revit plus de la soirée.

**********

- Comment as- tu pu rester aussi froide et distante avec elles ? Je connaissais la fille que tu étais à l'époque et tu n'étais pas comme cela.
- Je me suis préparée pour l'occasion. Je me suis dit que c'était la seule attitude à avoir face à elles. Si j'avais le malheur de montrer une seule seconde de faiblesse j'étais perdue, j'obtiendrais jamais mon argent.
- Que s'est-il passé ensuite ?

- Ma mère faisait trainer délibérément les choses et Sophia avait recommencé avec ses sales habitudes avec moi. Mais j'avais décidé de ne pas réagir. Plus je l'ignorais, plus cela l'agaçait et plus elle exagérait. J'avais de plus en plus de mal à garder mon calme. Tu sais ce qui m'a fait tenir le coup ?
- Non ? dis-moi.
- Toi.
- Moi ? Comment cela ?
- On allait enfin faire l'amour et cela me réjouissait. J'attendais cela depuis si longtemps ! Mais... il s'est passé ce que tu sais...
- Tu m'as trouvé au lit avec ta sœur.
- Oui. Ce que je ne comprends pas c'est... comment elle a su pour toi ? comment elle a su où te trouver ? Comment elle a pu atterrir dans ton lit ?
- Je ne peux pas répondre aux deux premières questions mais pour la dernière, on devait se voir ce jour-là toi et moi et je n'ai pas trouvé bizarre que Sophia me fasse des avances. Mais... comme je te l'ai déjà dit... une fois qu'elle s'est déshabillée j'ai tout de suite compris que quelque chose clochait, elle était trop vulgaire... elle ne pouvait pas être toi. On était en train de se disputer quand tu es entrée dans la chambre.
- C'est vrai.

- Qu'as-tu fait ensuite ? J'ai voulu m'excuser, t'expliquer ce qui s'était réellement passé mais tu as disparu.
- Je suis passée chez moi, j'ai pris mon passeport et j'ai attendu à l'aéroport jusqu'à ce que je trouve une place dans un avion en partance pour les Etats-Unis. J'y suis resté deux mois et j'ai pleuré un bon coup et je suis revenue bien décidée à obtenir mon fric.
- Ok. Quand t'es revenue j'étais déjà reparti en Allemagne poursuivre mes études de médecine.

Ils avaient terminé de manger. Ils se levèrent. Christian paya l'addition.

- Que fait-on maintenant, demanda-t-il
- On rentre chez moi. J'ai envie de nager dans ma piscine.
- Ok. Allons chez toi alors.

Ils sortirent du restaurant et montèrent dans la voiture de Sophie. Une demi-heure plus tard ils étaient déjà devant chez elle.

- Waw, c'est magnifique chez toi. On dirait un hôtel ! s'exclama Christian
- Mais c'est un hôtel. En fait, c'était un hôtel. J'ai transformé les diverses chambres en appartements de luxe que je loue très cher.

Sophie arrêta la voiture. Ils descendirent et Sophie donna sa clé au voiturier qui alla garer sa voiture.

- Cela donne un revenu confortable, même si je dois investir une bonne partie dans l'entretient de l'immeuble et le paiement des salaires des employés. J'ai mon agence d'emploi en parallèle. Je peux dire que je ne manque de rien.
- Tu dois trouver la maison de mes parents bien fade comparé à tant de luxe !
- Ah mon cher. Je t'ai déjà dit que l'argent ne me fait pas tourner la tête.

Ils entrèrent dans l'hôtel et Sophie salua le portier au passage.

- Bonsoir Paul. Comment c'était aujourd'hui ?
- Bonsoir Madame. C'était très calme. Comme d'habitude.
- Ok. Salue ta femme de ma part.
- Très bien Madame.

Ils entrèrent dans l'hôtel et se dirigèrent vers l'ascenseur privé de Sophie.

- Pourquoi es-tu allé t'enterrer dans cet hôtel minable ?
- Ah... cela fait partie des raisons qui m'ont poussée à aller en Haïti.
- Parlons-en justement. Tu m'as bien dit un jour que ce n'est pas pour les funérailles de ta sœur que tu avais acceptée de revenir en Haïti. Pourquoi tu es venue alors ?
- D'après tous les psychologues que j'ai suivis, pour pourvoir faire face à mon

avenir sereinement je devais affronter mon passé. Mais pour faire cela il fallait que je revienne en Haïti et je me refusais à faire un truc pareil.

- C'est pour cela que tu avais dit qu'aucun psychologue ne pouvait t'aider ?
- Oui. Quand ma mère m'a appelée pour me dire que Sophia était morte, j'ai vu cela comme un signe. J'ai sauté sur l'occasion, mais je n'ai pas pu rester longtemps. C'était trop dur d'affronter tout cela d'un seul coup.

Ils étaient arrivés à destination. Une fois sorti de l'ascenseur, Christian regarda autour de lui et resta quelques secondes bouche bée devant un tel étalage de luxe.

- Fais comme chez toi, dit-elle
- Dis donc, répondit-il une fois qu'il eut retrouvé la parole. Je comprends que tu n'aies pas voulu l'hospitalité de ma mère. Elle serait verte de jalousie si elle voyait ton appartement. C'est rudement grand ma parole!
- Oui. J'occupe tout le dernier étage. Il y a 3 chambres à coucher, 2 salles de bain, un bureau, un salon, une cuisine, une salle à manger, une salle de séjour... Si tu passes par la salle de séjour tu verras la terrasse où se trouve la piscine.
- Je comprends que tu ne veuilles pas laisser tout cela pour venir vivre avec moi.

- Ecoute Christian...
- Non, cela va aller. J'ai compris.
- Non... tu n'as rien compris... tu ne connais pas l'essentiel de mon histoire... la raison qui fait que je suis comme je suis...
- Alors dis-moi !
- Non... pas aujourd'hui... je ne suis pas prête à en parler... une autre fois d'accord ?
- Tu repousses encore notre discussion ?
- On a beaucoup discuté aujourd'hui tu ne trouves pas ? Alors je trouve que tu peux bien m'accorder un petit délai !
- Oui. Ok. Je comprends. Tu me fais visiter ?
- Bien sûr. Tu viens ?

*Un peu plus tard dans l'après-midi*

Christian et Sophie étaient assis à côté de la piscine et regardaient le coucher du soleil. Un peu plus tôt, il s'était absenté quelques instants, le temps d'aller chercher ses affaires. Ils avaient, en effet, décidé d'un commun accord qu'il pouvait loger chez elle, le temps de son séjour.

- Belle vue n'est-ce pas ? demanda-t-elle
- C'est vrai.

- C'est quoi tes projets ?
- Je te fais confiance pour m'établir un programme intéressant.
- Ce sera difficile, je travaille moi. Tu seras seul la plupart du temps.
- Alors je viendrai t'importuner à ton travail.
- Je te le déconseille.

Elle se leva, enleva le peignoir qu'elle portait et apparut dans un minuscule bikini orange qui ne laissait pas vraiment de place à l'imagination. Sophie plongea dans la piscine et commença à nager. Christian était subjugué par un tel spectacle. Il avala sa salive, enleva précipitamment le short qu'il portait et alla la rejoindre dans la piscine.

Sophie entendit son plongeon et arrêta de nager. Elle attendit qu'il vienne jusqu'à elle. Il nagea jusqu'à se trouver à quelques centimètres d'elle, ensuite il l'enlaça et l'embrassa avec fougue. Sophie passa ses bras autour de son cou et lui rendit son baiser.

- Tu m'as tellement manqué, dit-il.

Il fit pleuvoir des baisers dans son cou, sur ses épaules, à la naissance des seins. Sophie avait du mal à penser correctement sous les baisers de Christian. Elle sentait sa résistance faiblir, comme neige au soleil. Christian nagea jusqu'au rebord de la piscine et l'y adossa. Il entreprit de lui enlever son bikini. Elle se retrouva bientôt complètement nue. Il la caressa partout. Sophie se sentait délicieusement étourdie et faible. Christian l'embrassa à nouveau avant d'enlever le caleçon qu'il portait. Il la hissa alors sur ses hanches et commença à la pénétrer.

- Tu ne vas pas me repousser cette fois n'est-ce pas ? demanda-t-il tout en continuant la pénétration.
- Christian... murmura-t-elle.

Christian l'embrassa et commença à remuer, doucement au début, mais bientôt envahit par le feu de la passion, il abandonna toute retenue. Sophie compris bien vite que cette fois toute résistance était vaine. Elle était incapable de lui dire d'arrêter, bizarrement cette fois, elle n'en ressentie pas la nécessité. Elle laissa alors Christian lui faire passionnément l'amour. Un univers de sensation tout à fait inconnu s'ouvrit à elle.

- Tu vois bien que ce n'est pas une mauvaise chose n'est-ce pas ? demanda-t-il d'une voix rauque.

Incapable de prononcer un seul mot, elle ne peut que faire oui de la tête. Christian commença à accélérer la cadence. Sophie sentit qu'un nuage de félicité la transportait vers les cieux.

- Tu aimes ce que je fais ? demanda-t-il
- Oui, murmura-t-elle.

- Tu voudrais que je continue jusqu'au bout ?
- Oui, répéta-t-elle,
- Tu m'aimes ?
- Oui ! Dit-elle, un peu plus fort.

A mesure que les sensations devenaient plus fortes en elle, sa voix s'élevait un peu plus fort.

- Tu le dis d'une manière tellement sexy. Dis le moi encore chérie
- Christian je t'aime ! dit-elle d'une voix plus forte.
- Encore ! s'exclama-t-il en accélérant encore le rythme.
- Oh oui je t'aime ! fini-t-elle par crier pendant qu'une myriade d'étoiles explosait en elle.

Christian la rejoignit tout de suite dans les étoiles. Il attendit quelques minutes pour se retirer, le temps pour leurs sens de s'apaiser. Il l'embrassa avec tendresse.

- Je t'aime aussi mon amour, dit-il en souriant.
- C'était incroyable ! S'exclama Sophie.
- N'est-ce pas ? Il n'y avait pas de raison de flipper comme cela.
- Si tu savais ce que j'ai vécu, tu saurais que j'avais de bonnes raisons de flipper.
- Tu me racontes cela ?
- Non, pas maintenant. S'il te plait ne gâche pas cet instant magique.

- Comme tu veux. Mais ce n'est que partie remise.

Le sexe à nouveau dur de Christian se dressait fièrement contre le ventre de Sophie.

- Déjà ? demanda-t-elle étonnée.
- Eh bien oui ! Je suis un jeune homme fougueux ma belle. Penses-tu pouvoir gérer cela ?

Elle sourit.

- J'ai plusieurs années à rattraper. Je devrais pouvoir le gérer. C'est toi qui vas me supplier d'arrêter !
- Ah oui ? c'est ce qu'on va voir !

Ils sortirent de la piscine. Il l'entraina au salon, l'adossa au premier mur qu'il trouva, la ramena sur ses hanches, la pénétra d'un seul coup de rein et entreprit de lui faire l'amour dans toutes les positions et dans tous les coins de l'appartement. Ils ne sortirent pas durant les deux jours qui suivirent.

- Assez ! s'exclama Christian le dimanche soir. Tu m'as complètement vidé !

Il s'allongea sur le lit à bout de force.

- J'ai gagné ! Je t'avais dit que tu me supplierais d'arrêter !

Elle s'allongea à côté de lui, s'appuya sur un coude et sourit triomphante.

- D'accord ! D'accord ! tu as gagné ! laisse-moi reprendre des forces maintenant.

# CHAPITRE 10

*Le lendemain*

- Madame Addison ?
- Oui Michelle?
- Christian Jean-François pour vous sur la 2, il dit que c'est urgent.
- Ok merci, je le prends.

Sophie décrocha le téléphone et répondit.

- Oui Christian ? Qu'est-ce qu'il y a ?
- Il est midi.
- Et alors ?
- J'aimerais qu'on aille déjeuner.
- C'est cela l'urgence ?
- Oui c'est une urgence ! Je meurs de faim !
- Et bien va manger ! Et laisse-moi travailler !
- Non... je veux que tu m'accompagne. Je suis en bas, je t'attends.
- Comment ? mais...
- Fais vite ! ne me fait pas attendre !
- Pourquoi tu tiens tant à régenter ma vie ? On n'est même pas marié !

- Il n'en tient qu'à toi bébé. Je t'épouse tout de suite si tu veux !
- C'est ça... Arrête de plaisanter.
- Alors ? Tu viens ou il faut que je monte te chercher ?
- Je viens... Je viens...

Elle raccrocha et sourit. Elle se leva, prit son sac à main et quitta son bureau.

- Michelle, je pars déjeuner. Prends les messages en mon absence.
- Très bien Madame.

Arrivée devant l'entrée de l'immeuble, elle trouva Christian appuyé sur une BMW Bleue garée en face. Elle alla le trouver.

- C'est quoi cette voiture demanda-t-elle une fois qu'elle fut à côté de lui.
- Je viens de la louer. Tu pensais que j'allais attendre ton bon vouloir pour sortir ? J'ai toujours été libre de mes mouvements.
- Je n'ai jamais insinué le contraire.
- Allez, monte.

*Quelques instants plus tard*

- Pourquoi tu n'es pas restée aux funérailles de ta mère ? demanda-t-il une fois qu'ils eurent fini de passer leurs commandes. Tu aurais pu partir après non ?

- Je me fiche de la mort de Clémentine.
- Tu ne peux pas dire cela ! c'est ta mère quand même !
- Cette femme n'est pas ma mère. A mes yeux, la mienne est morte depuis longtemps.
- Je conçois qu'elle a été dure avec toi quand tu étais petite mais la moindre des choses serait de lui pardonner, d'assister à ses funérailles et de la laisser reposer en paix, tu ne crois pas ?
- Tu n'as pas la moindre idée de ce qu'elle m'a fait ! Alors ne viens pas me dire comme réagir d'accord ?
- Raconte-moi alors.
- Non. Si on changeait de sujet ?
- J'étais sérieux tout à l'heure.
- A quel sujet ?
- J'aimerais que tu deviennes ma femme.
- Ecoute Christian je ne peux pas accepter.
- Pourquoi ?
- Tu ne voudrais pas m'épouser si tu connaissais toute l'histoire.

Il se pencha, prit les mains de Sophie dans les siennes.

- Chérie, on s'aime c'est indéniable. Quel que soit ce qui a pu t'arriver par le passé, je ne pense pas que cela va changer quoi que ce soit à cela.
- Tu te trompes !

- Alors vas-y ! Teste moi ! Raconte-moi ton histoire, j'écoute.
- Christian s'il te plait ne fais pas cela, supplia-t-elle les larmes aux yeux.
- Non Sophie cette fois tu ne vas pas t'en tirer comme cela. Je veux savoir ce qui t'est arrivé.

Elle enleva ses mains de celles de Christian et les passa dans ses cheveux d'un geste las. Elle les croisa ensuite sur la table. Des larmes s'écoulèrent de ses yeux sans qu'elle cherche à les essuyer.

- Ok... Je pense que je n'ai pas le choix cette fois.

Christian se redressa sur sa chaise et croisa ses bras sur sa poitrine.

- Je t'écoute.
- Alors, après t'avoir surpris au lit avec ma sœur, je suis allée passer quelques mois aux Etats-Unis. Quand je suis revenue pour régler une bonne fois pour toute cette question d'héritage, Sophia ne vivait plus avec mes parents. Elle avait décidé brusquement d'aller voir ce que le monde avait à lui offrir.

Un beau jour, j'étais seule à la maison et quelqu'un a sonné à la porte. Je suis allée ouvrir et la première chose qu'a fait le type c'est de me donner un coup de poing en pleine face. Je suis tombée à la renverse le nez en sang. Ensuite il m'a trainée par les cheveux jusqu'au salon, il m'a donné un coup de pied dans le ventre. Pendant que je me tordais de douleur au sol, il s'est enfin décidé à parler. Il m'a dit que le délai était écoulé depuis deux semaines déjà. Il m'a demandé où était son fric. Je me suis dit qu'il devait me prendre pour Sophia. Il ne savait surement pas qu'on était jumelle. J'ai beau lui expliqué qu'il y avait erreur sur la personne et que je ne savais pas du tout de quel argent il parlait, il ne me croyait pas.

Il s'est remis à me frapper, plus fort cette fois. Il me donnait des coups de pieds, me piétinait. Ensuite, il me relevait, me donnait des coups de poings, m'envoyait valser sur tous les objets de la pièce. Je saignais du nez, de la bouche, des oreilles, j'avais l'impression que tous mes os étaient brisés. J'avais l'impression qu'un camion me passait dessus.

Je me suis évanouie plusieurs fois, il se débrouillait à chaque fois pour me réveiller. Il voulait que je sois consciente durant chaque seconde de cette torture. Il ferait de moi un exemple il disait. Personne ne devait penser qu'il était possible de s'en tirer sans avoir payé sa dette. Après plusieurs minutes, il a trouvé lassant de me tabasser alors il est passé à autre chose.

Il a pris un canif dans sa poche et il a entrepris de taillader les vêtements que je portais. Je me suis bien vite retrouvée nue. Il a dut trouver ce qu'il voyait à son gout, malgré le sang qui me recouvrait, parce qu'il a souri et il a enlevé son pantalon et il s'est mis à me violer sauvagement. Cela m'a semblé durer plusieurs heures. Quand il a eu son compte, il s'est retiré, a remis son pantalon, m'a donné quelques autres coup de pieds et est tranquillement parti comme si de rien n'était. La seule chose que je me rappelle ensuite c'est ma mère qui courrait vers moi. Ensuite c'est le néant. Je suis restée deux mois dans le coma. Voilà ce qui s'est passé Christian, voilà pourquoi je ne peux pas t'épouser.

Elle essuya ses larmes

- Oh mon Dieu Sophie ! s'exclama-t-il bouleversé, j'ai deviné qu'il devait s'agir d'un viol mais je n'aurais jamais cru que c'était aussi horrible ! mais je ne comprends pas pourquoi tu t'obstine à refuser de m'épouser.
- Je ne peux pas enfanter tu comprends cela ! Tu mérites mieux qu'une femme mutilée... tu mérites de fonder une famille !
- Mais c'est toi que je veux Sophie ! Quand est-ce que tu comprendras cela ? Et puis, il y a Stéphanie. Je peux bien me contenter d'elle. Si tu veux d'autres enfants on fera appel à l'adoption !
- Stéphanie ? Un autre bébé peut-être mais pas elle.

- Mais enfin ! Qu'est-ce que tu lui reproche à ce bébé ? Je ne comprends toujours pas le lien entre ta stérilité, Sophia et Stéphanie.
- Ecoute Christian, je ne peux pas... il faut que tu comprennes...
- Non, je ne comprends pas ce que tu peux avoir à reprocher à un bébé innocent. Je vais finir par croire que tu n'as pas de cœur !
- Tu ne comprends pas...
- Alors fait moi comprendre s'il te plait !

Sophie revoie cette journée dans sa tête. Elle agrippa brusquement ses cheveux des deux mains et se balança d'avant en arrière.

- Sophie ça va ? demanda-t-il inquiet.

Elle poussa un cri strident, se mit debout et hurla.

- Elle était là, tu comprends !!!

Toutes les têtes se tournèrent dans leurs directions. Christian se mit debout à son tour et mit ses mains sur ses épaules.

- Baisse la voix s'il te plait. Dit-il.
- Elle était là tu comprends ! elle répéta. Elle était là ! Elle était là !
- Ok on s'en va.

Elle éclata en sanglots et continua à répéter.

- Elle était là ! Elle était là !

Christian déposa un peu d'argent sur la table, prit le sac à main de Sophie et l'entraina vers la sortie. Une fois chez elle, il la fit s'assoir sur le canapé du salon et lui apporta un verre d'eau.

- Tu t'es calmée maintenant ? demanda-t-il.
- Pardonne-moi d'avoir craquée. Cela m'arrive rarement. Je me contrôle très bien d'habitude.
- C'est peut-être parce que tu te contrôle beaucoup trop que tu as craquée.
- Peut-être. Tu vois que tu ne peux pas m'épouser ! Je suis une femme à problèmes !
- Ah ! ce n'est pas une petite crise de nerf qui va me décourager !
- J'espère que tu sais ce que tu fais !
- Alors tu acceptes ?
- Est-ce que j'ai le choix ? Tu vas me harceler jusqu'à ce que j'accepte de même que tu as fait pour connaitre mon histoire. Autant accepter tout de suite et t'épargner la peine de le faire.
- Tu es trop aimable. Maintenant dis-moi, qu'est-ce que tu entendais par : « elle était là ? »
- Hum... (elle soupira) tu n'abandonnes jamais toi ?
- Non, jamais.
- Sophia... elle était là quand le type me violait. J'ai essayé de lui faire un signe mais j'avais mal partout, la moindre secousse me faisait un mal de chien, je ne pouvais pas lever le petit doigt. J'ai

essayé de parler mais j'avais l'impression d'avoir de l'asphalte plein la gorge. Je la voyais debout derrière la porte, un sourire de satisfaction aux lèvres. Ensuite, elle m'a fait un clin d'œil et est partie.

- Oh mon Dieu !
- Elle était là tu comprends ? Pendant que je me faisais violée, elle était là et cela lui faisait plaisir ! Elle n'a pas fait un geste pour me sauver, elle n'a pas appelé la police ! Mes organes sont trop endommagés pour que je puisse porter un enfant ! Si je suis stérile, c'est à cause d'elle ! Elle aurait pu me porter secours ! Si elle l'avait fait, si j'étais arrivée un peu plus tôt à l'hôpital, ils auraient peut-être pu faire quelque chose pour moi !
- Je suis désolé, je ne savais pas.
- Si je suis stérile c'est à cause d'elle ! répéta-t-elle. Elle a toujours tout obtenu sur un plateau d'argent. Tout ce qu'elle voulait, elle le prenait sans se soucier des autres. Même cela, il a fallu qu'elle me l'enlève ! Je veux bien t'épouser Christian, je veux bien accueillir ce bébé chez moi. Je l'adopterai si cela peut te faire plaisir. Mais ne viens surtout pas me demander d'aimer sa fille à elle tu m'entends !
- Je te comprends.

- Maintenant que tu sais tout ce qu'il faut savoir sur moi, tu vas arrêter de me questionner ?
- Mais il y a plein de truc que je ne sais pas encore !
- Par exemple ?
- Eh bien, tu ne m'as toujours pas dit pourquoi tu n'es pas venue aux funérailles de ta mère et puis tu ne m'as pas encore raconté ce qui s'est passé après le viol. Tout ce qui s'est passé après jusqu'à ce que je te vois à l'hôpital, ton mariage par exemple !
- Il me reste donc plein de choses à te raconter. Une autre fois d'accord ?
- Ok. Tu vois que je ne te bouscule pas ? Je te laisse me raconter ton histoire à ton rythme.
- Mais oui, c'est cela.

Il la prit dans ses bras et l'enlaça tendrement.

- Je prends les choses en main maintenant. Pour le mariage et l'adoption de Stéphanie, je m'occupe de toutes les formalités. Tu vas bientôt te retrouver mariée et mère de famille.
- D'accord, mais ne te fais pas d'illusion à propos de ce bébé.
- Je sais. Je ne dois pas m'attendre à ce que tu l'aimes tout de suite, mais un lien vous unit déjà. Cela se voyait quand vous vous êtes rencontré.

Il la berça jusqu'à ce qu'elle s'endorme. Le lendemain matin, Sophie fut réveillée par une bonne odeur de nourriture. Quand elle ouvrit les yeux et découvrit Christian qui approchait une table pleine de nourriture près du lit.

- Hum... cela sent bon ! dit-elle en s'étirant. Tu n'aurais pas dû !
- Après tes émotions d'hier soir j'ai pensé que c'était mon devoir de te chouchouter ce matin. Assieds-toi.

Elle s'assied et Christian lui déposa un plateau de nourriture sur les genoux. Il lui donna ensuite un baiser chaste sur la joue.

- Bonjour mon amour.
- Bonjour Christian.
- Tu as bien dormi ?
- Comme un bébé !
- J'ai appelé ma sœur Sabine ce matin, elle va s'occuper pour nous des formalités en Haïti.
- A quel sujet ?
- Pour faire venir Stéphanie.
- Ah ok. Tu as fait vite dis donc !
- Oui. J'ai pensé que plus vite je la faisais venir et plus vite tu t'habitueras à l'idée de l'avoir avec nous.
- Je vois.
- Et qui va venir avec elle ? Tu iras la chercher ?
- Non. Sabine viendra avec elle.

- Sabine ? Ce n'est pas celle qui nous a couru après quand on est parti de chez tes parents ?
- Oui, elle souhaite vraiment faire plus ample connaissance avec toi.
- Du moment qu'elle ne vienne pas m'insulter sous mon propre toit. Je te préviens je ne l'accepterai pas. Je sors mes griffes quand on m'attaque !
- Je sais chérie. T'inquiète pas Sabine n'est pas comme cela. Personne n'est comme cela dans ma famille !
- Ah oui ? Et ta mère ?
- Pour elle, je ne sais pas... je ne comprends pas... ce n'est pas dans ses habitudes.
- Ton amour pour elle te rend aveugle, pourtant c'est clair comme de l'eau !
- Alors éclaire-moi !
- Tu es son dernier enfant n'est-ce pas ?
- Oui
- Et je parie que tu es son préféré.
- Exacte.
- Elle m'a tout de suite vue comme une menace.
- Une menace ? Qu'est-ce que tu racontes ?
- Ecoute, tous ses autres enfants sont mariés, ils ont leurs propres famille, elle a surement pensé pouvoir te garder avec elle indéfiniment. Elle ne veut pas que tu t'en aille c'est tout !

- Il va pourtant falloir qu'elle se fasse une raison. Bientôt toi, Stéphanie et moi, on formera une famille et peu importe ce qu'elle dira, ma mère ne pourra rien contre cela.
- Bonne chance pour la convaincre !
- C'est ma faute tout cela. Je lui ai surement laissé croire qu'elle pouvait me manipuler à sa guise.
- Notre mariage c'est pour quand ?
- Le plus vite serait le mieux je pense. Tu as des personnes que tu souhaites inviter ?
- Non. Pas vraiment. Et toi ?
- J'aurais aimé que toute ma famille vienne mais je ne voudrais pas que ma mère fasse un scandale.
- On n'a qu'à se marier à la mairie et laisser la cérémonie à l'église pour plus tard. Qu'est-ce que t'en pense ?
- C'est une bonne idée. L'assistante sociale est une amie de la famille, elle va faire de notre cas sa priorité. Je pense que d'ici deux semaines Stéphanie sera avec nous. On pourrait choisir une date qui tomberait juste après sa venue ? Cela te laissera-t-il le temps de tout organiser ?
- Bien-sûr, cela me va comme cela. On ne va pas faire un truc grandiose alors deux semaines c'est ok pour moi.

Sophie avait fini son petit déjeuner, elle déposa le plateau sur la table, se leva et se dirigea vers la salle de bain. Là elle entreprit de se brosser les dents. Christian la rejoignit et l'aida à enlever sa chemise de nuit. Il lui massa un peu les épaules. Pendant qu'elle se rinçait les dents il alla tester la température de l'eau et il l'aida à entrer sous la douche.

- Aujourd'hui c'est ton jour mon amour, pas de pression, pas de stress, on va tout faire à ton rythme ok ?
- Ok.

Il la lava de la tête aux pieds et la rinça. Ensuite il prit une serviette, il l'enveloppa dedans et la souleva dans ses bras

- Hé ! dépose-moi !
- Non ! Non ! Ma reine ne fera aucun effort aujourd'hui !

Il la déposa sur le lit, l'allongea sur le ventre et entreprit de la masser.

- Hum... c'est agréable... murmura-t-elle.
- Tu es très tendue ! Je vais changer cela.
- Tu veux savoir pourquoi je ne suis pas restée pour les funérailles de ma mère ?
- Tu es prête à en parler ?
- Oui.
- Je t'écoute alors.
- Quand ma mère est rentrée à la maison ce jour-là, elle m'a trouvée sur le sol du salon baignant dans mon sang. Elle s'est précipitée vers moi, vérifia que

j'étais toujours en vie et appela tout de suite une ambulance. J'étais déjà inconsciente, c'est mon père qui m'a raconté.

**********

## CHAPITRE 11

- Sincèrement Madame Valentin, disait le docteur, c'est un vrai miracle qu'elle soit encore en vie. On a battu cette petite à mort ! Mais, j'ai le regret de vous annoncer que, son organisme a subi beaucoup de dégât, elle a eu une sévère hémorragie interne. Elle ne pourra probablement jamais enfanter.
- Mon Dieu docteur, c'est horrible ce que vous dites ! Mais, elle se réveillera n'est-ce pas ?
- Ces jours ne sont plus en danger mais personne ne peut affirmer quand elle se réveillera. On a fait ce qu'on a pu. Le reste ne dépend que d'elle.
- Est-ce que je peux la voir ?
- Pour l'instant elle est en observation. vous devriez rentrer chez vous et vous reposer. Revenez demain.

Sophie resta deux mois dans le coma. Une fois réveillée, la police voulut la questionner sur ce qui s'est passé mais elle refusa de parler. Elle ne parla pas non plus de sa sœur Sophia qui avait assisté à la scène, sans porter secours à sa sœur, un sourire aux lèvres.

- Sophie ? Comment vas-tu ? demanda Sophia quand elle lui rendit enfin visite à l'hôpital.
- Comment oses-tu venir ici ? S'exclama la malade. C'est à cause de toi que cela m'est arrivé ! Je t'ai vue ! Tu étais très contente que je me fasse violer !
- Je t'avais bien prévenue, à ton retour de la province, que je te ferai payer ton arrogance !
- Depuis qu'on est toute petite tu fais tout pour me rendre la vie impossible ! Je n'aurais jamais pensé que tu pouvais descendre aussi bas ! A cause de toi je ne pourrai jamais avoir d'enfant ! Je ne te le pardonnerai jamais tu m'entends ! Jamais ! Je t'ai fait une fleur en refusant de te dénoncer, maintenant fais-moi le plaisir de disparaitre de ma vie avant que je ne change d'avis !
- Ecoute, tu ne pourras jamais avoir d'enfant, j'en suis sincèrement désolée! Ce n'était pas supposer arriver jusque-là.
- Tu penses peut-être que je vais croire un seul mot sortant de ta bouche ?
- Je voulais juste que tu apprennes enfin à rester à ta place…
- Va-t'en !

- Ecoute moi je te pris… je suis venue pour m'excuser !
- Dehors ! Je ne veux plus te voir !

Sophia éclata en sanglot et bouscula sa mère en s'élançant hors de la chambre.

- Qu'est-ce qui se passe ici ? Qu'est-ce que tu as fait à ta sœur ?
- Ce serait plutôt ce qu'elle m'a fait maman.
- Mais que veux-tu qu'elle te fasse ? Ma Sophia est un ange.
- Tu as toujours été aveugle dès qu'il s'agissait de ta chère Sophia ! Si je te disais que c'est à cause d'elle que je suis aujourd'hui couchée sur un lit d'hôpital, tu dirais quoi ?
- Qu'est-ce que tu racontes ? Elle n'a rien à voir là-dedans voyons !
- Elle vient à l' instant de confesser ses méfaits !
- Calomnie ! Arrête tout de suite de dire ces horreurs sur ta sœur !
- Je savais que tu ne me croirais pas maman. Peu importe ce qui m'arrive, j'aurai toujours tort à tes yeux. Si j'étais morte, tu ne verserais pas une seule larme pour moi. Tu as ta précieuse Sophia ! Je ne compte pas !

Sophie regarda sa mère, un chagrin insupportable lui nouait les entrailles.

- T'inquiète pas maman, donne-moi mon argent et je partirai. Je te promets que tu n'entendras plus jamais parler de moi. Vous pourrez vivre votre petite vie douillette sans moi.

- Si cela peut me débarrasser de ta présence répugnante, je m'emploie sans délai à te le donner cet argent !

Elle tourna le dos et partit. Elle ne rendit plus visite à sa fille. Comme promis, elle lui transféra l'argent sur son compte. Dès que Sophie put voyager elle quitta le pays sans un regard en arrière.

**********

Christian la tourna sur le dos et commença à masser son ventre.

- Quand j'avais le plus besoin d'elle, elle m'a laissée tomber. Elle m'a insultée ! Comment veux-tu que j'éprouve quoi que ce soit pour une femme pareille ? L'amour que j'avais pour elle, s'est éteint il y a longtemps.
- Mais à l'hôpital, le jour de ta venue, j'ai bien vu que tu pleurais non ?
- J'ai eu un moment de faiblesse, je croyais être responsable de son état.
- Je comprends tes sentiments envers ta mère et ta sœur, même si je n'approuve

pas ta réaction envers elles, mais je comprends.

Les mains de Christian glissaient sur elle comme une caresse qui commençait à avoir de l'effet sur elle.

- Christian ?
- Oui ?
- Tu es sûr que tu es toujours en train de me masser ? demanda-t-elle .
- Bien sûr ! Pourquoi cette question ?
- Tu es en train de me donner des idées, répondit-elle en fixant son érection.
- Quel genre d'idées ?
- Viens et tu verras !

Elle l'attira à elle et lui donna un baiser vorace. Ils roulèrent sur le lit en riant.

*Deux semaines plus tard à l'aéroport.*

- Bonjour Sabine, dit Christian en l'embrassant sur la joue.
- Bonjour à toi.
- Tu as fait un bon voyage ?
- Très bien merci.

Il regarda le bébé qu'elle portait.

- Comment va-t-elle ? demanda-t-il.
- Elle se porte comme un charme.
- Cool.

Il chatouilla sur le nez du bébé, celle-ci sourit.

- Je t'aide avec les bagages ?
- Volontiers.

Il prit les valises de sa sœur tandis que celle-ci se contenta de porter Stéphanie et quelques affaires à elle dans un sac à dos.

- Tu es sur que Sophie est d'accord pour que je reste chez elle ? Je sais que vous allez vous marier, je ne voudrais pas vous déranger. Je peux aller dans un hôtel, il n'y a pas de problème !
- Sabine ne t'inquiète pas pour cela. Il y a assez de place chez elle. Je suis sûr qu'elle pourra te trouver une chambre.

Une fois arrivé à sa voiture, Christian mit les bagages dans le coffre de la voiture et sur le siège arrière, tandis que Sabine s'installait devant avec le bébé dans ses bras. Il se mit derrière le volant, démarra la voiture et se mit en route.

- Il lui faudrait un siège dans cette voiture si on doit se déplacer avec elle là-dedans.
- Je sais. Je m'en occupe demain.
- Maman est verte de rage en ce moment. Ne sois pas surpris si elle débarque bientôt.
- Pourquoi ? Qu'est-ce qui ce passe ?
- J'ai dû lui dire pour ton mariage avec Sophie, je suis désolée.
- Qu'est-ce que tu dis ? s'exclama-t-il.

- Ecoute, elle a tellement insisté pour savoir qui était ce bébé et pourquoi je devais aller aux Etats-Unis avec elle. Je suis désolée, tu sais comment elle est ! J'ai dû lui dire tu comprends ?
- Oui, je sais comment elle est, c'est cela qui m'inquiète...

Il frappa la main avec rage sur le volant. Stéphanie sursauta et se mit à pleurer.

- Décidément Sabine tu es incapable de garder un secret en ce moment ! Comme si je n'avais pas assez de soucis pour l'instant ! tu me déçois beaucoup...
- Je suis désolée Christian... il faut que tu comprennes, elle ne m'a pas laissé le choix !
- Et tu dis que c'est moi qui suis scotché aux jupes de maman ! tu es incapable de lui refuser quoi que ce soit ! Il est vraiment temps que tu grandisses ma vieille...
- Ecoute...
- Cela suffit ! Tu ne vois pas qu'on dérange le bébé ? Cette conversation est terminée. Essaie plutôt de la calmer.

Il ne dit plus un mot durant le reste du trajet et Sabine se mit à bercer Stéphanie.

- On est arrivé, dit-il en se garant devant l'hôtel, tu peux descendre.
- Où est ce qu'on est ? demanda-t-elle.
- Chez Sophie.

- Tout cela est à elle ?
- Oui. Elle possède l'hôtel tout entier.
- Je comprends maintenant pourquoi elle n'a pas voulu rester chez nous. La maison a dû paraitre un taudis à ses yeux.
- Crois-moi, elle n'est vraiment pas ce genre de personne.

Ils descendirent tous les deux de voiture et Christian prit le sac du bébé à l'arrière et tendit les clés au voiturier en disant

- Faites montez tous les bagages dans les appartements de Madame Addison je vous prie.
- Tout de suite Monsieur.
- Tu viens ? demanda Christian en se tournant vers Sabine.
- Bien sûr.

Ils montèrent tous les trois chez Sophie. Une fois à destination, ils la trouvèrent qui les attendait, assise dans le salon. Elle se leva à leur entré, se dirigea vers Christian et l'embrassa sur la bouche.

- Bonjour Chéri, tu n'étais plus là à mon réveil.
- Oui, le vol était pour tôt ce matin et je n'ai pas voulu te réveiller.

Sophie se tourna vers Sabine et lui donna un baiser sur la joue.

- Sabine je présume.
- Et vous êtes Sophie.

- Notre première rencontre ne s'est pas très bien déroulée.
- Et j'en suis vraiment navrée.
- Mais asseyez-vous donc, dit-elle en montrant le salon de la main.

Christian prit place à coté de Sophie sur le canapé et Sabine s'assied sur un fauteuil en face d'eux avec Stéphanie sur les bras. Le téléphone sonna, Sophie se leva et alla répondre.

- Allo ? Oui... Ok, inutile... quel appartement est vide en ce moment ? ... le 22 ? ... montez le tout là-bas et apportez moi la clé.

Elle raccrocha et retourna s'assoir.

- Je t'ai installée dans l'appartement 22, dit-elle à l'intention de Sabine en la tutoyant.
- Ok, merci. Tu vis dans un bel hôtel.
- N'est-ce pas ?
- Est-ce indiscret de te demander comment tu es devenue la propriétaire d'un hôtel de ce genre ?
- Pas du tout ! Ce n'est pas un secret. Il appartenait à mon premier mari.
- Je ne savais pas que tu as déjà été mariée.
- Il y a plein de chose que tu ne sais pas à mon sujet.

Stéphanie se réveilla et se mit à pleurer. Christian se leva et se dirigea vers sa sœur.

- Donne-la-moi, dit-il en tendant les bras.

Elle la lui donna et lui tendit ensuite la valise du bébé. Christian se dirigea vers la cuisine avec elle.

- Tu as obtenu l'hôtel d'un divorce ? demanda-t-elle à Sophie
- Je suis veuve, répondit-elle simplement.
- Je suis désolée.
- Il n'y a pas de quoi. Ce n'était pas un mariage d'amour. Il avait un cancer et se savait condamner. Il n'avait pas de famille. Il ne voulait pas que le travail de toute une vie soit perdu, alors, il a fait une bonne action, il m'a épousé pour que je puisse hériter de tout sans trop de difficulté.
- Ok. Je comprends. Tu as beaucoup de chance.
- La chance ? Je n'y crois pas du tout. Mais, si jamais elle existe, il fallait bien qu'elle se souvienne enfin de moi.

Elles entendirent un bruit sourd suivit de celui de verre briser. Christian poussa un juron et Stéphanie se mit carrément à hurler.

- Christian cela ne va pas ? demanda Sabine inquiète.

Elle se leva et alla le rejoindre dans la cuisine. Sophie leva la tête et soupira.

- Pas même une minute qu'elle est là et ce bébé commence déjà à tout chambouler !

Elle se leva à son tour et alla voir ce qui se passait.

- Eh bien ! s'exclama-t-elle en riant, mais qu'est-ce qui se passe ici ?

La table de la cuisine était couverte de lait. Une boite de lait en poudre était par terre avec son contenu et des éclats de verre éparpillés un peu partout dans la pièce.

- Je suis désolé, dit Christian, je pense que je ne sais pas du tout comment m'y prendre avec un bébé.
- Cela tu peux le dire, répondit Sabine.

Elles éclatèrent de rire. Christian remit le bébé à sa sœur et sourit, gêné.

- T'inquiète pas, dit-elle en la berçant, tu apprendras.
- En attendant, dit Sophie, tu vas me faire le plaisir de nettoyer tout cela.
- Moi ?
- Oui, toi !
- Mais... tu as des servantes pour cela !
- Et alors ? Il faut savoir accepter les conséquences de ses actes mon cher.
- Je suis sûr que tu n'as même pas de balai dans cet appartement.
- Tu me prends pour qui au juste ? je ne suis pas une fainéante ! J'ai tout ce qu'il faut chez moi.

Elle se dirigea vers un coin de la cuisine et ouvrit ce qui était un faux mur et lui donna tout ce dont il avait besoin pour le nettoyage.

- Je n'aurais jamais pu deviner qu'ils étaient là !

- Pratique non ? personne ne pourrait s'en douter.

A ce moment, on sonna à la porte. Sophie alla ouvrir et quelques secondes plus tard revient avec une clé qu'elle remit à Sabine.

- Tiens, dit-elle, tu devais y aller. On va te conduire à tes appartements. Va t'installer.
- Ok. Merci.

Elle prit les clés, lui tendit le bébé et s'en alla. Sophie regarda les yeux noisette levés vers elle. Stéphanie la regarda un instant et dirigea sa tête vers son sein gauche dans l'intention évidente de téter. Sophie sursauta.

- Qu'est-ce qu'il y a ? demanda Christian
- Je crois qu'elle a faim, répondit-elle.
- Je sais, j'essayais de lui faire du lait tout à l'heure.
- Oui, mais le lait a atterri sur le sol. Je ne connais rien aux bébés non plus mais je ne pense pas qu'il soit toujours utilisable.
- Alors on fait quoi ?
- Appelle la cuisine et demande qu'on nous envoie tout de suite du lait pour bébé.
- Ok. Je m'en occupe.

Stéphanie qui ne trouvait pas satisfaction se mit à hurler à se faire décoller la mâchoire. Sophie  se mit à la bercer.

- Ça va... ne pleure pas... on va t'apporter du lait d'accord ? Attends juste quelques minutes de plus. C'est ma faute, j'aurais dû y penser plutôt.
- On fait quoi en attendant le lait ? demanda Christian aussitôt revenu.
- Je ne sais pas... on pourrait lui donner un peu d'eau ? Peut-être que cela la calmera un peu.
- Essayons.

Il mit de l'eau dans un biberon qu'il donna à Sophie. Celle-ci le présenta au bébé qui l'accepta et se mit à boire. Elle avala quelques gorgées et cessa de pleurer.

- Voilà, dit Christian, elle avait soif !
- Il faudrait qu'on engage une nounou.
- Pourquoi faire ?
- Ecoute, depuis que tu es là je m'absente beaucoup trop souvent. Je ne vais pas en plus déserter mon travail pour m'occuper d'elle !
- Je peux le faire moi.
- Toi ? tu as vu l'état de la cuisine ? tu n'y connais rien aux bébés !
- Toi non plus je te signale !
- Moi c'est différent, je suis une femme.
- Quel est le rapport ?
- L'instinct maternel tu connais ?
- Mais oui... c'est cela...
- Qu'est-ce que tu insinues ?
- Non... rien...

- Qui s'occupe d'elle cette nuit ? Elle va sûrement nous empêcher de dormir.
- On pourrait se relayer ?
- Ne compte pas sur moi. Je travaille demain. Toi tu ne fais rien, c'est à toi de passer des nuits blanches.
- Dans un mariage il faut partager les responsabilités Sophie.
- Tu connais mes sentiments envers ce bébé... et puis, c'est toi qui as insisté pour la faire venir, alors débrouille toi d'accord ?

On sonna à la porte. Elle se leva et lui mit le bébé dans les bras.

- Commence dès maintenant, dit-elle
- C'est surement le lait.
- Je vais aller le chercher.
- Qu'est-ce que je fais pour le sol ?
- Tu nettoie… c'est ta responsabilité.
- Je n'ai que deux bras, je ne peux pas tout faire.

Sophie sortit et revint quelques secondes plus tard avec le lait qu'elle déposa sur la table.

- Je vais te faire une fleur et appeler le service d'étage pour le nettoyage de la cuisine, dit-elle en s'en allant à nouveau.

Christian la suivit dans le salon. Sophie renifla en direction du bébé.

- Elle sent vraiment mauvais. Tu devrais aller la changer je crois. C'est ton bébé, ta responsabilité.

- Non, c'est notre bébé Sophie.
- Impossible, aux dernières nouvelles, je suis incapable d'en avoir.
- Il y a divers manière d'avoir des enfants.
- En attendant, vas dans la salle de bain avec elle et nettoie-la à fond.
- Je ne sais pas trop quoi faire.
- Comment se fait-il que tu sois si nul ? Tu as grandi dans une famille nombreuse non ?
- Je suis le dernier de la famille je te rappelle.
- Mais tu as plein de frères et de sœurs. Ils sont tous mariés et ont tous des enfants.
- Oui, mais je me contente de jouer avec eux. J'ai toujours déserté dès qu'il s'agissait de faire autre chose.
- Cette fois, pas question de désertion.
- Tu ne viens pas m'aider ?
- Non. Débrouille-toi.
- Merci pour le soutien.

Il passa prendre le sac du bébé dans la cuisine et se dirigea vers la salle de bain où il passa plusieurs minutes.

- Il faudrait qu'on aille faire des courses pour Stéphanie, dit-il en sortant de la salle de bain.
- Pourquoi ? Je peux tout aussi bien envoyer quelqu'un le faire à notre place.
- Sophie, tu t'évertue à passer le moins de temps avec elle.

- Tu sais bien pourquoi.
- Oui je sais et je ne suis pas d'accord avec toi. Ce bébé ne t'a rien fait !
- Je n'y peux rien ! Chaque fois que je la vois, je ne peux pas m'empêcher de penser que c'est la fille de Sophia et non la mienne. A cause de sa mère j'ai été privé de tellement de choses !
- Arrête de la faire payer pour les erreurs de sa mère !
- Qu'est-ce que tu me conseille alors ?
- Si cela peut t'aider, arrête de penser à elle comme étant la fille de Sophia.

Il lui mit le bébé dans les bras

- Répète après moi : Stéphanie est ma fille.

Le bébé la regarda et lui sourit. Sophie ferma les yeux et serra les dents, luttant contre un sentiment nouveau qui l'envahissait.

- Sophie…
- Stéphanie est ma fille, fini-t-elle par dire.
- Voilà, dit Christian. Je veux que tu le répètes à chaque fois que tu as un sentiment négatif à son égard. Tu verras, bientôt tu l'aimeras comme si elle était ta propre fille.
- C'est toi mon psy maintenant ?
- Je veux juste t'aider c'est tout. Ce petit bout de choux ne demande qu'à être aimée. Ton attitude envers elle n'est

pas juste. Tu veux bien faire un effort pour moi ?

- Bon... comme tu me le demandes gentiment, je veux bien essayer.
- Ok, c'est tout ce que je demande. Maintenant debout ! Cette demoiselle n'a presque rien à se mettre sur le dos.

Il se leva, alla dans sa chambre et prit ses cartes de crédit. Il retourna ensuite au salon.

- On y va ?
- Apporte-moi mon sac à main. C'est sur mon lit.

Christian se rendit dans la chambre de Sophie et prit on sac. Quand il revint il la trouva debout, le bébé dans les bras. Christian lui tendit son sac.

- Prend cela, dit-elle en montrant le sac du bébé, on en aura peut-être besoin.

Ils quittèrent l'appartement.

- Que fait-on de ta sœur ? demanda-t-elle dans l'ascenseur
- Quel est le numéro de sa chambre ?
- Laisse-moi l'appeler.

Elle prit son téléphone et appela la réception.

- Chantale ?
- Oui Madame Addison ?
- Passe-moi l'appartement 22 et fait avancer ma voiture.
- Tout de suite Madame.

Il y eu un instant d'attente puis Sabine décrocha le téléphone.

- Allo ?
- Sabine, c'est Sophie. Christian et moi allons faire quelques achats pour Stéphanie. Tu veux te joindre à nous ?
- Non merci, répondit-elle, je pense que vous avez besoin d'être seuls tous les trois.
- Que vas-tu faire de ton après-midi ?
- Je trouverai bien… je vais peut-être aller me distraire un peu à la plage.
- Ok. A plus tard alors

Sophie raccrocha.

- Elle préfère nous laissez entre nous.
- Ok. Voilà qui est réglé.

# CHAPITRE 12

L'ascenseur s'arrêta au rez-de-chaussée et les portes s'ouvrirent. Christian la laissa passer la première. Ils sortirent de l'hôtel. La voiture de Sophie les attendait devant l'entrée. Le voiturier lui remit la clé et s'en alla. Christian mit le sac du bébé sur le siège arrière. Sophie fit de même pour le sien et lui donna le bébé.

- La première chose qu'on achètera c'est un siège de voiture pour elle.
- Oui, c'est important.
- On aurait dû y penser bien avant.
- On est nouveau dans le métier, c'est normal qu'on soit pris de court.
- Ce n'est pas une science infuse.

Sophie s'installa derrière le volant et Christian sur le siège côté passager avec Stéphanie.

- On n'a même pas pensé à lui préparer une chambre, dit-il
- On est nul comme parent !
- Il y en a qui sont surement bien pire que nous. Où va-t-on d'abord?
- Je pense qu'il faut parer au plus urgent.
- Oui... vêtements, lait et...

- Des couches aussi, elle compléta.
- Tu vois ? A nous deux on s'en sort pas si mal !
- Allons au centre commercial, on y trouvera tout ce qu'il nous faut là-bas.

Arrivés à destination, ils visitèrent plusieurs magasins, essayèrent plusieurs vêtements pour savoir quelle taille exactement il faut acheter. Ils demandèrent conseils aux vendeuses, quand ils n'avaient aucune idée de ce qu'il fallait faire. Ils achetèrent tant et si bien qu'après quelques heures ils se trouvèrent avec tellement de paquet qu'ils durent faire appel à un service de livraison.

Partout où ils passaient, les gens les admiraient. Lui, le beau noir, haut de son 1m95 et elle, la belle mulâtresse, qui lui arrivait à peine à l'épaule, et le bébé avec ses cheveux bouclés de couleurs cannelle. C'est vrai qu'à eux trois, ils formaient une bien belle famille.

Cette sortie a beaucoup amusée Stéphanie. Mais en fin de journée, pendant qu'ils entraient dans un magasin de décoration, elle s'endormit, fatiguée, dans les bras de Sophie. Celle-ci dut s'installer dans la salle d'attente avec le bébé et laisser Christian s'occuper des commandes. De temps en temps il vint la voir pour lui demander son avis sur tel ou tel article.

- Nouveaux parents ? demanda la réceptionniste.

Sophie qui était perdue dans ses pensées sursauta. Elle regarda en direction de la jeune femme qui lui souriait.

- Vous disiez ? demanda Sophie.
- Vous êtes des nouveaux parents ?
- Oui, cela se voit tant que cela ?
- Ah oui ! répondit-elle en riant. Mais ne vous en faites pas. Vous ferez de merveilleux parents.
- Merci !

Christian arriva à ce moment-là.

- Chérie j'ai fini. On peut aller mettre la petite au lit.
- Et les meubles ?
- J'ai tout arrangé. Ils viendront tout installer demain à la première heure.
- Ok. Allons-y.

Elle se leva, salua la réceptionniste et suivi Christian à l'extérieur. Il mit le bébé sur le siège qu'il avait installé à l'arrière de la voiture. Quelques heures plutôt et s'installa derrière le volant.

- Je conduis, dit-il. Cela fait plusieurs heures que tu la portes, tu dois être exténuée.
- Merci. J'ai pensé qu'on devrait prendre ta chambre pour en faire celle de

Stéphanie et toi, tu viendras t'installer dans la mienne.

- Très bonne idée ! Acquiesça-t-il. Pourquoi donc faisait-on chambre à part ? cela fait quelques temps déjà qu'on dort ensemble non ?
- C'est toi qui n'as jamais déménagé tes affaires dans ma chambre. Pour ma part cela ne m'aurait pas du tout dérangé.
- Je vais y remédier dès ce soir.

Ce soir-là, et celui qui suivit, ils durent dormir avec Stéphanie entre eux. L'équipe de décorateurs étaient en train de refaire complètement la chambre de Christian pour la transformer en chambre d'enfant. On avait peinturé la pièce en rose. Sur le mur de gauche, à côté de la porte qui communiquait avec la toilette, on voyait un petit lit installé là au cas où le bébé serait malade durant la nuit et qu'il faudrait la surveiller. Au centre était installé un magnifique berceau qu'une moustiquaire rose, qui pendait du plafond jusqu'au sol, encadrait.

La penderie était sur le mur de droite à côté du berceau. En face, à côté de la porte principale, on voyait une coiffeuse sur laquelle Sophie avait mis peigne, brosse à cheveux et autre chose nécessaire à l'entretient quotidien d'un bébé. Sur le mur du fond, en dessous d'une fenêtre donnant une vue magnifique de la ville, il y avait le coffre à jouets et un fauteuil à bascule. Sur les murs on avait mis, pour égayer la pièce, divers photos de princesses Disney, de Mickey Mouse et autres personnages de dessins animés. C'était vraiment une jolie chambre de bébé.

La veille du mariage, après plus de 48 heures d'abstinence, Sophie était vraiment impatiente de reprendre les leçons là où ils s'étaient arrêtés. Ce jour-là, elle s'était rendue dans un magasin de sous-vêtements où elle avait acheté plein de truc sexy pour pimenter la soirée.

- Elle s'est enfin endormie, dit Christian en revenant de la chambre de Stéphanie.
- Alors profitons-en !

Sophie se leva précipitamment du lit, alla prendre un sac qu'elle avait caché dans la penderie.

- Passe une belle musique et installe toi, j'arrive tout de suite.

Elle se dirigea vers la salle de bain et s'y enferma. Quelques minutes plus tard, la porte s'ouvrit doucement et Sophie entra dans la chambre au rythme de la musique. Christian se redressa brusquement sur le lit. Il oublia de respirer tellement ce qu'il voyait le subjuguait. Christian la regarda des pieds à la tête. Elle portait une paire de talon aiguille rouge vif, ses longues jambes galbées étaient enveloppées dans une paire de bas noirs.

Elle tourna doucement sur elle-même. Ses fesses fermes et rebondies étaient fièrement exposées par un string en dentelle rouge. Elle portait un corset rouge et noir qui faisait tellement remonté ses seins qu'on avait l'impression qu'ils pouvaient sortir à tout moment. Ses longs cheveux bouclés étaient relâchés sur ses épaules. Elle avança doucement vers le lit en se déhanchant au rythme de la musique. Christian eut brusquement très chaud, il enleva les vêtements qu'il portait.

- Mon Dieu Sophie, dit-il quand il put enfin parler, tu es magnifique ! j'en ai le souffle coupé !

Elle sourit et continua à danser. Ses doigts glissaient sur elle comme une caresse. Elle ondulait et se déhanchait, le tout était d'une telle sensualité que la température de Christian monta d'un cran. Sophie ne voulait pas que le bébé se réveille et gâche un moment pareil, voyant que Christian était au garde-à-vous, elle s'arrêta de danser et enleva doucement le corset et le string qu'elle portait. Elle grimpa sur le lit et le chevaucha.

- Ce soir, c'est moi qui mène la danse, dit-elle avant de l'embrasser.
- Fais de moi ce que tu veux, répondit-il, je suis ton esclave.

Il s'allongea sur le lit pendant qu'elle le caressait. Une heure plus tard, ils s'écroulèrent sur le lit, essoufflés.

- Chérie, tu me surprends chaque jour. Waw ! Quelle surprise !
- Tu as aimé alors ?
- Si j'ai aimé ? J'ai adoré ! Sens toi obligée de le faire aussi souvent que cela te chante.

Elle sourit, contente du pouvoir qu'elle exerçait sur lui. Il l'embrassa tendrement. Au même moment, ils entendirent Stéphanie pleurer dans l'interphone posé sur la table de nuit.

- Elle ne dort jamais très longtemps celle-là, dit Christian en riant.
- J'y vais.
- Tu es sûre de toi ?
- Oui, cela fait trop longtemps que je l'évite. Il est temps que je prenne mes responsabilités.
- Je suis fier de toi mon amour !

Il l'embrassa une dernière fois. Elle se leva, se rendit dans la salle de bain, passa sa robe de chambre qu'elle avait laissée sur le rideau de douche et se rendit dans la chambre de Stéphanie. Elle ouvrit la moustiquaire, vérifia d'abord qu'elle n'avait pas besoin d'être changée. Elle prit le bébé dans ses bras, la berça pendant qu'elle se rendait dans la cuisine pour lui faire un peu de lait. Elle revient avec elle dans sa chambre, s'assit sur le fauteuil à bascule et donna son lait au bébé pendant qu'elle lui chantait une berceuse. Sophie leva la tête et vit Christian qui la regardait.

- Cette fille avait raison, dit-il en souriant, tu es vraiment faite pour être mère.

Elle lui rendit son sourire. Elle baissa la tête et regarda le bébé. Un sentiment d'appartenance l'envahissait. Pour la première fois de sa vie, elle se sentait à sa place. Toute la haine, la rage qui l'avait maintenue en vie durant tous ces années, tout cela était parti.

- Tu es ma fille, dit-elle en lui donnant un baiser sur le front. Cette fois-ci, elle pensait vraiment ce qu'elle disait.

Christian vient vers elle et s'agenouilla à côté du fauteuil.

- Elle est notre fille, dit-il, et demain on sera officiellement une famille. Personne ne peut rien changer à cela.

Il l'embrassa.

*Quelques heures plus tard*

Christian passa l'alliance à l'annulaire de Sophie et prononça les paroles d'usage. Elle allait en faire de même quand une voix s'éleva dans le couloir.

- Arrêtez cette mascarade tout de suite !

La porte s'ouvrit à toute volée laissant le passage à la mère de Christian.

- Maman ? s'exclama-t-il, mais... qu'est-ce que tu fabriques ici ?
- Je suis venue pour te ramener à la raison mon fils.
- Qu'est-ce que tu racontes ? Et pour commencer qui est-ce qui t'as dit où on se trouvait au juste ?
- Sabine a eu la gentillesse de me dire où tu te trouvais.

Christian se tourna vers sa sœur. Celle-ci le regarda, le visage décomposé.

- Sabine comment as-tu pu me faire un truc pareil ? J'avais confiance en toi !
- Je suis désolée Christian ! C'est sorti durant une conversation. Tu connais maman, elle est tellement douée pour nous soutirer des informations.
- Venant d'un autre cela ne m'aurait pas autant surpris, mais toi ?
- Ne lui en veut pas à cette pauvre fille, intervient la mère, elle est la seule à avoir un peu de lucidité.
- Maman, si je pensais que ta présence à mon mariage était indispensable je t'aurais invitée. Fais-moi le plaisir de partir s'il te plait.
- Tu t'enfuis avec cette fille alors que j'ai la bonté de l'accueillir chez moi, tu envisages de partir vivre avec elle sans m'en avoir dit un mot, tu m'expulses de l'hôpital comme une vulgaire mendiante, ensuite je n'entends plus parler de toi

durant plusieurs semaines, et maintenant tu oses te marier sans ma permission ?

- Au cas où tu ne l'aurais pas remarqué je suis un grand garçon et je n'ai pas besoin de ta permission pour me marier avec la femme que j'aime.
- La femme que tu aimes ? Qu'est-ce que tu connais de l'amour ? Ouvre les yeux mon fils ! Ce n'est qu'un amour de jeunesse ! Je te connais mieux que personne et crois-moi quand je te dis que cette fille ne peut pas te rendre heureux !
- Maman tu divagues. Arrête tout de suite de dire ces conneries avant que je ne te dise un truc que je pourrais regretter.
- Tu vas tout de suite quitter cette fille et rentrer sagement à la maison comme le gentil garçon que tu as toujours été.

Sophie toucha le bras de Christian. Des larmes brillaient dans ses yeux. Il tourna la tête dans sa direction.

- Chéri, on devrait peut-être arrêter le mariage. J'ai l'impression d'être une pomme de discorde. Je ne voudrais pas être la raison d'une rupture avec ta famille.

Il l'embrassa avec tendresse.

- Il n'est pas question que je te quitte.

Il se tourna vers sa mère. Ses yeux reflétaient une colère intense.

- Maman, dit-il avec une rage contenue dans la voix, tu vas maintenant m'écouter parce que je n'ai pas l'intention de me répéter. Je suis assez grand pour savoir ce qu'est l'amour. Que tu le veuille ou non j'aime Sophie. Je l'aime plus que ma vie et j'ai bien l'intention de l'épouser. On a une magnifique petite fille et on forme une famille. C'est ma famille tu m'entends ? Et je n'ai pas du tout l'intention de perdre cela pour te faire plaisir. J'avais l'intention de discuter avec Sophie d'une possibilité de revenir en Haïti mais tu viens juste de me faire changer d'avis. Ma place est avec elle. Je ne vais nulle part avec toi tu comprends ?
- Mais... tu n'es pas sérieux n'est-ce pas ? tu ne peux pas être sérieux ! Tu ne peux pas me préférer cette fille?
- Maman soit tu acceptes la réalité telle qu'elle est, soit tu t'en vas tout de suite !
- Christian ? intervient Sabine.
- Toi, tu la ferme ! Je n'ai plus confiance en toi ! Quand je pense que je te racontais mes secrets ! Maintenant je me rends compte à quel point j'entretenais une relation incongrue avec vous deux.
- Christian... je t'en prie...
- Je ne veux plus te voir ! Dehors tout de suite !

- Christian tu ne peux pas nous faire cela ! s'exclama la mère.
- Vous deux dehors ! dit-il hors de lui.

Elles s'en allèrent le pas trainant. Avant de quitter la salle, la mère de Christian regarda dans la direction de Sophie et dit :

- Tout cela c'est de votre faute ! Vous m'avez pris mon fils ! Vous ne l'emporterai pas au paradis !

Elle s'en alla furieuse. Le mariage put enfin reprendre. Sabine se rendit dans sa chambre, prit ses affaires et s'en alla sans dire un mot.

# CHAPITRE 13

Sophie se réveilla très mal en point. Elle posa une main sur son estomac, mit ses deux pieds par terre et se redressa vivement. Elle fut prise de vertige. Elle se rassit aussitôt, attendant que cela passe. Après quelques minutes, elle se releva et se rendit à la salle de bain, se passa de l'eau froide au visage et se brossa les dents. Elle se rendit ensuite à la cuisine, s'assied et soupira

- Cela ne va pas Sophie ? demanda Christian qui était en train de nourrir le bébé.
- Pas vraiment. Je ne sais pas ce que j'ai. Peut-être une indigestion.
- Tu veux un petit déjeuner ?
- Volontiers.

Après quelques minutes Christian déposa devant elle des œufs brouillés, du bacon et un verre de jus d'orange. Sophie mit la main devant la bouche et se précipita vers la salle de bain. Christian la suivit et la trouva cassée en deux sur la cuvette des toilettes. Il la soutenait pendant qu'elle vomissait.

- Chérie, tu couves vraiment quelque chose. Il faudrait peut-être qu'on aille voir un médecin. Tu ne crois pas ?
- Ça va, dit-elle quand elle put se redresser. Je vais bien maintenant. Pas besoin de s'alarmer.
- Tu es sûre ?
- Oui Christian, j'en suis sûre.
- Ok. Si tu le dis.

Il l'aida à se redresser.

- Je vais prendre une bonne douche. Peut-être que cela calmera-t-il mon estomac.
- Tes œufs vont refroidir.
- Je ne pense pas pouvoir en manger. Donne-moi plutôt quelque chose de plus léger. Des fruits par exemple.
- Je m'en occupe.
- Merci chéri.

Sophie se déshabilla devant le miroir de la salle de bain. Elle s'approcha et toucha ses seins gonflés.

- Ils n'ont pas ce volume d'habitude, murmura-t-elle, qu'est-ce qui se passe ? se pourrait-il qu'il ne s'agisse pas d'indigestion mais de nausées matinales ? quand j'y pense... Je ne crois pas que j'ai eu mes menstruations depuis que Christian est venu à Miami.

Elle mit une main devant sa bouche, surprise.

- Mon Dieu ! Je suis enceinte ! Mais, c'est impossible. Je suis supposée être stérile... ils se sont peut-être trompés...

Elle posa la main sur son ventre toujours plat. Elle se détourna ensuite du miroir et entra sous la douche. Quelques instants plus tard, elle entra rayonnante dans la salle à manger.

- Je vois que tu vas beaucoup mieux, dit Christian qui prenait son petit déjeuner.
- Je me porte à merveille !

Elle s'assied, souriante devant un bol de fruit que Christian avait mis sur la table, à son intention.

- Tu me fais partager ta bonne humeur ?
- Non... Pas maintenant... Plus tard peut-être... Laisse-moi savourer toute seule cet instant.
- Si tu veux.
- On fait quoi aujourd'hui ? C'est samedi non ? je propose qu'on aille se prélasser dans la piscine.
- Et Stéphanie ?
- Elle vient avec nous. L'eau est bonne.
- Il n'est pas un peu tôt pour cela ?
- Qu'est-ce que l'heure vient faire là-dedans ?
- D'habitude t'y vas que la nuit non ? et en plus tu viens de prendre une douche.
- Chéri, aujourd'hui je me sens comme une sirène. J'ai envie de passer la

journée dans l'eau, alors libre à toi de venir partager ce plaisir avec moi.

Elle se leva, prit le bol de fruit, se rendit sur la terrasse et déposa les fruits sur une table au bord de la piscine. Elle croqua dans l'un des fruits pendant qu'elle enlevait ses vêtements. Ensuite elle plongea dans la piscine en sous-vêtements. Elle eut un soupir bienheureux. Christian se changea, mit un costume de bain à Stéphanie et alla retrouver Sophie dans la piscine. Il se contenta de rester assis sur l'escalier de la piscine avec le bébé. Il la tient dans ses bras pendant qu'elle barbouilla joyeusement dans l'eau. Sophie nagea jusqu'à eux.

- Donne-la-moi, dit-elle en s'asseyant à côté d'eux.

Christian lui passa le bébé. Elle la serra contre elle en pensant à celui qu'elle avait surement en elle. Je suis enceinte, pensa-t-elle, finalement Sophia ne m'a pas privée de ce bonheur-là. Son cœur se gonfla de joie et elle embrassa Stéphanie sur la joue.

- Est-ce que tu vas me dire ce qui te rend aussi joyeuse ?
- Non, c'est mon petit moment de bonheur à moi.
- Il n'y a pas de place pour moi ?

Sophie ne l'entendit pas. Elle semblait être dans une bulle. Elle chantait, dansait et jouait dans l'eau avec Stéphanie. Le monde extérieur n'existait plus. Christian se sentit exclu. Il quitta la piscine, se doucha et alla s'installer dans la salle de séjour. Il ouvrit la télévision. Sophie ne remarqua même pas qu'il n'était plus là. Ce n'est qu'une heure plus tard qu'elle remarqua son absence. Elle redescendit brusquement sur terre.

- Christian, murmura-t-elle.

Elle quitta la piscine avec le bébé. Elle passa d'abord par les chambres pour se changer toutes les deux, ensuite elle le rejoignit. Elle mit Stéphanie dans le parc avec quelques jouets et s'assied à côté de Christian.

- Tu t'es enfin souvenu de mon existence ? Demanda-t-il.
- Serais tu jaloux d'un bébé ?

Il se redressa sur le fauteuil et croisa ses bras sur sa poitrine. Il ne répondit pas et continua à regarder la télévision.

- Je suis désolée. Je ne voulais pas que tu te sentes rejeté.
- Si tu le dis.
- Je t'expliquerai tout plus tard, d'accord ?
- Pourquoi pas tout de suite ?
- Je dois d'abord avoir la confirmation de...
- La confirmation de quoi ?
- Je te le dirai bientôt.

Elle se rapprocha de lui et mit sa tête sur son épaule.

- Ne fais pas la tête mon amour.

Elle le chatouilla. Il sourit et l'enlaça. Son portable se mit à sonner à ce moment.

- Christian ?
- Papa ? Quelque chose ne va pas ?
- Il faudrait qu'un malheur arrive pour que j'appelle mon fils ?
- Non, bien sûr que non. C'est juste que ce n'est pas dans tes habitudes c'est tout. Pourquoi t'appelle alors ?
- Comment as-tu pu te marier sans nous inviter ? C'est ce genre d'éducation que tu as reçu ?
- Je suis désolé mais maman ne m'as pas laissé le choix.
- J'ai conscience qu'elle a dépassé les bornes, mais tu as pensé aux autres ? Que crois-tu que cela nous as fait d'apprendre cela ? On ne compte pas nous ? On ne sait rien de cette Sophie que tu as épousé.

Christian se leva et se mit à faire les cents pas.

- Je suis venu avec elle à la maison et maman l'a très mal reçu.
- Je sais et crois moi je le déplore. Mais tu aurais pu revenir un autre jour non ?
- Maman se faisait une joie d'avoir la possibilité de lui mener la vie dure ! Non papa, Sophie a eu une vie très difficile. Elle commence enfin à sourire. Je ne veux pas que maman vienne gâcher tous les efforts que je fais pour l'aider.

- Je comprends et c'est tout à ton honneur. Il y a une époque, tu ne parlais que d'elle et j'ai bien vu à quel point tu l'aimais. Je vois que cela n'a pas changé avec les années.
- Non, pas du tout.
- Je comprends tes ressentiments envers ta mère mais tu as eu tort d'exclure tout le monde.
- Elle vous mène à la baguette ! Je savais que vous n'auriez pas pu l'empêcher de venir si je vous avais invité !
- Mais elle est venue quand même sans ton invitation !
- C'est vrai. Je me rends compte que cela n'a servi à rien.
- Cela nous a fait à tous beaucoup de peine.
- Je sais, je me rattraperai.
- Comment ?
- Pour la cérémonie religieuse.
- Qui aura lieu quand ?
- Quand maman sera raisonnable.
- Cela n'arrivera pas d'aussi tôt.
- Je ne veux aucun incident ce jour-là, alors il va falloir qu'elle accepte mon choix.
- Ok. Je vais tâcher de la raisonner.
- En attendant, si vous voulez apprendre à connaitre Sophie, vous n'avez qu'à venir nous rendre visite. Il y a assez de place pour vous tous.

- On viendra. Crois-moi, on viendra. Bon je te laisse.
- A bientôt.

Christian raccrocha et se tourna vers Sophie. Elle le regarda, mécontente.

- Quoi ? demanda-t-il.
- Tu ne pouvais pas me demander mon avis avant d'inviter toute ta maisonnée chez moi ?
- Je ne pensais pas que cela pouvait être un problème. Il va bien falloir que tu intègres ma famille non ?
- Je sais mais s'ils débarquent tous demain ? Qu'est-ce qui te dis que j'y suis préparée ? Ne prends plus de décision nous concernant sans m'en parler.
- Ok, pas la peine de monter sur tes grands chevaux !

Il revient s'assoir près d'elle et la prit dans ses bras. Ils passèrent la journée assis devant la télévision.

Sophie retourna au travail le lundi suivant laissant Christian à la maison faire du baby-sitting. Elle était dans la toilette et attendait les résultats du test de grossesse qu'elle avait acheté ce matin même.

- Je vais voir si j'ai su interpréter les signes, murmura-t-elle.

Le résultat afficha positif. Sophie poussa un cri de joie et se mit à danser. Elle se précipita hors de son bureau sans cesser de crier.

- Quelque chose ne va pas madame ? demanda Michelle qui alla à sa rencontre, inquiète.
- Ça va à merveille !

Elle fit un tour sur elle-même et s'arrêta brusquement, prise de vertige. Le monde devient tout noir et elle s'effondra sur le sol. Michelle s'agenouilla à côté d'elle et essaya de la faire revenir à elle, sans succès. Elle se dirigea vers le téléphone et appela une ambulance. Elle raccrocha et appela ensuite Christian pour le prévenir. Celui-ci débarqua en catastrophe à l'hôpital avec Stéphanie dans ses bras. Il se dirigea d'un pas décidé vers la réceptionniste.

- On a emmené ma femme dans cet hôpital. Dans quelle chambre elle est ?
- Son nom monsieur ?
- Sophie Jean-François.
- Chambre 345, répondit-elle après avoir vérifié sur son ordinateur.

Christian se précipita vers l'ascenseur. Arrivé à destination, il demanda à une infirmière qui sortait de la chambre.

- Comment va-t-elle ? Qu'est-ce qui s'est passé ?
- Vous êtes ?
- Son mari.
- Le docteur est en train de l'examiner. Vous devez attendre. Je lui dirai que

vous êtes là. Il viendra vous parler quand il aura terminé. Asseyez-vous s'il vous plait.

Elle lui désigna la salle d'attente. Christian alla s'assoir. Stéphanie se mit à pleurer. Dans sa précipitation Christian avait oublié de lui prendre du lait. Il se leva et se mit à arpenter la pièce en la berçant pour la calmer.

- Calme-toi chérie, dit-il. Je n'ai rien pris pour toi. Quel mauvais père je suis ! Comment ai-je pu oublier ?
- Vous n'êtes pas un mauvais père, dit une femme qui était assise dans la salle d'attente.

Christian se tourna dans sa direction

- C'est votre femme qu'on vient d'amener dans cette chambre ?
- Oui
- Vous êtes inquiet c'est tout. Vous avez oublié de lui apporter du lait. Cela peut arriver à tout le monde, cela ne fait pas de vous un mauvais père pour autant. Tenez !

Elle lui donna du lait emboité.

- Ce n'est pas de la première qualité mais cela devrait l'aider à tenir le coup en attendant. Et si ce n'est pas suffisant, je suis sûre que vous trouverez du lait pour elle à la nurserie.
- Merci beaucoup, vous me sauvez la vie.
- Ce n'est rien.

Il prit le lait et s'assied pour le donner à Stéphanie. Quelques instants plus tard un docteur se présenta.

- Monsieur Jean-François ?
- Oui, c'est moi, répondit Christian en se levant.

Il se dirigea vers le médecin.

- Docteur Charles, c'est moi qui vais m'occuper de votre femme dorénavant.

Ils se serrèrent la main.

- Alors ? Qu'est-ce qu'elle a docteur ? C'est grave ?
- Votre femme est enceinte.
- Enceinte vous dites ? Ce n'est pas possible. Elle m'avait dit qu'elle était stérile !
- Ce n'est pas sa fille que vous tenez dans vos bras?
- Non, c'est sa nièce…
- Donc elle n'a jamais été enceinte auparavant ?
- Pas du tout, pourquoi ?
- Son utérus est très endommagé, c'est un vrai miracle qu'elle ait pu tomber enceinte croyez moi. En voyant ce bébé dans vos bras, j'avais espéré vous convaincre de ne pas risquer sa vie dans une seconde grossesse… Mais vu les circonstances…
- Risquer sa vie vous dites ? Qu'est-ce qui cloche docteur? Quels sont les risques pour elle ?

- Elle a peu de chance de mener cette grossesse à terme. Elle risque de faire un décollement du placenta, ce qui peut entrainer une hémorragie importante et même la mort. J'en ai discuté avec elle et elle désire vraiment ce bébé quitte à y laisser sa vie. Vous êtes sûr que vous voulez prendre ce risque ?
- Non ! Je ne veux pas la perdre.
- Alors allez la trouver et tachez d'accorder vos violons. Je passerai plus tard pour savoir quelle décision vous allez prendre.
- Merci docteur.

Christian entra dans la chambre se dirigea vers le lit et embrassa Sophie sur le front.

- Tu m'as fait une de ces peurs ! s'exclama-t-il.

Elle sourit. Il s'assied sur la chaise qui est près du lit.

- Alors, c'est pour cela que tu étais sur un petit nuage tout le week-end ? Tu es enceinte. Tu avais l'intention de m'en parler ? Je n'ai pas le droit de partager cette joie avec toi ?
- Ne dis pas cela Christian. Je voulais être sûre c'est tout, pour ne pas te donner de faux espoirs !
- De toute façon tu vas avorter.
- Qu'est-ce que tu dis ?

- Il est hors de question que je te laisse risquer ta vie alors tu vas te débarrasser de ce bébé.
- Tu rêves ! Je le veux ce bébé !
- Ecoute Sophie...
- Non ! toi tu vas m'écouter ! Je rêve d'être mère depuis que je suis toute petite. C'est vrai que le viol m'a traumatisé mais ce qui m'a vraiment brisée c'est quand j'ai appris que je ne pourrais pas avoir d'enfant. Ce jour-là, j'ai perdu la meilleure partie de moi. Quand je pense à la femme que je suis devenue, j'ai vraiment honte ! Je ne suis pas allée aux funérailles de ma propre mère tu te rends compte ? mais quel genre de femme suis-je ?
- Mais tu as Stéphanie non ?
- Ce n'est pas ma fille ! hurla-t-elle. Ce n'est pas la chair de ma chair ! Quand est-ce que tu vas enfin comprendre cela ? Je veux ce bébé et je l'aurai tu m'entends ?
- Même si tu dois mourir pour cela ?
- Si cela doit arriver, ainsi soit-il !
- Mais, tu ne peux pas être sérieuse ! Je ne t'ai pas récupérée après toutes ces années pour te perdre à nouveau !
- Il ne s'agit pas de toi là Christian ! il s'agit de moi et de ce bébé que je désire de toute mon âme ! Toi plus que quiconque, devrais pouvoir comprendre

cela non ? Tu me déçois. Peut-être qu'on n'aurait pas dû se marier après tout.

- Sophie !
- Vas-t-en.

Elle lui tourna le dos. Il se leva et quitta la chambre. Il alla s'assoir dans la salle d'attente. Quand le médecin revient pour connaitre leurs intentions, il retourna dans la chambre.

- Alors ? Qu'est-ce que vous avez décidez ? demanda le médecin.
- Je refuse d'avorter, dit Sophie, je veux ce bébé même si c'est au péril de ma vie.

Le docteur se tourna vers Christian pour avoir son avis.

- Je n'ai pas pu lui faire entendre raison.

Le docteur haussa les épaules.

- Alors nous allons devoir prendre quelques dispositions dans ce cas.
- Quel genre de disposition ? demanda Christian.
- C'est une grossesse que je vais devoir suivre de très près. Madame Jean-François, vous viendrez en consultation une fois par mois durant les deux premiers trimestres et toutes les semaines durant le dernier. Et surtout n'hésitez pas à m'appeler à la moindre alerte.

Il leur donna sa carte de visite ainsi qu'une prescription.

- Qu'est-ce que c'est ? demanda Sophie.
- Des vitamines. Vous en aurez grandement besoin. Prenez-en un comprimé trois fois par jour. Ayez un régime alimentaire équilibré et surtout prenez beaucoup de repos. Je vais vous gardez en observation durant la journée, si tout se passe bien vous pourrez partir ce soir d'accord ?
- Merci docteur Charles, dit Christian.

Le médecin lui donna une tape sur l'épaule.

- Rentrez chez vous. Allez prendre soin de cette petite. Ma secrétaire vous appellera pour vous faire savoir à quelle heure vous pourrez revenir chercher votre femme.

Il quitta la chambre. Christian se tourna vers sa femme.

- Bon, je pense que je vais rentrer maintenant, dit-il.
- Désolée pour tout à l'heure, je ne sais pas ce qui m'a pris.
- Ce n'est rien, les hormones surement.

- Je veux vraiment ce bébé tu comprends ? Je ferai ce qu'il faudra pour mener ma grossesse à terme.

- Je te comprends.

Il se baissa et lui donna un baiser sur le front et s'en alla.

# CHAPITRE 14

Le lendemain dans la soirée, Sophie était allongée sur le canapé du salon et écoutait de la musique classique. Christian vient la rejoindre et déposa un walkie-talkie sur la table se dirigea vers le canapé, lui souleva la tête, s'assied, déposa sa tête sur ses cuisses et passa ses doigts dans ses cheveux. Il y eut quelques minutes de silence.

- Tu ne connais pas toute mon histoire, dit-elle.
- Alors raconte.
- J'avais vu Sophia, quelques mois après la mort de mon père, elle est venue me voir. Je n'étais pas encore veuve.

**********

- Monsieur Addison ?
- Oui ?

- Il y a une certaine Sophia Valentin qui demande à voir votre femme. Voulez-vous la recevoir ?
- Faites-la entrer.
- Bien Monsieur.

On fit entrer une jeune femme dans le salon.

- Madame Addison est absente mais Monsieur Addison a accepté de vous recevoir. Voulez-vous patientez quelques minutes ?
- Bien-sûr.

Quelques instants plus tard, Thomas pénétra dans le salon.

- Mademoiselle Valentin, que nous vaut l'honneur de cette visite ?
- Monsieur Addison, je suis venue voir ma sœur et non vous.
- Qu'est-ce que vous lui voulez ?
- Cela ne vous regarde pas.
- C'est-ce que vous pensez ? Ma femme n'a pas une haute opinion de vous. Normalement je devrais vous mettre à la porte. Mais comme je suis curieux de nature, je veux bien savoir pourquoi vous avez osez venir chez moi. Et ne me dites pas encore une fois que cela ne me regarde pas !
- Ecoutez Monsieur Addison, je n'ai absolument rien à vous dire.
- Alors qu'est-ce vous êtes venue chercher ici ? Ne pensez-vous pas lui

avoir fait assez de mal comme cela ? Quand allez-vous la laissez tranquille ?

- J'ignore ce qu'elle vous a dit à mon sujet, mais sachez que ...
- Vous pensez vraiment que je suis le genre de personne à épouser n'importe qui ? J'ai fait quelques recherches sur vous. Elle n'a pas eu à me raconter quoi que ce soit. Je sais très bien tout ce qu'il y a à savoir sur vous. Je sais quel genre de personne vous êtes. Je connais tout des gens que vous fréquentez. Laissez-moi vous dire que rien de ce que vous pourrez dire ou faire ne nous séparera.
- Vous pensez que je voudrais vous séparer ? Mais pourquoi ?
- Pour mon argent pourquoi pas ? J'ai cru comprendre que vous convoitez tout ce qui lui appartient. Je ne vous laisserai pas lui faire plus de mal que vous n'avez déjà fait. Je connais très bien les gens de votre espèce. Ne pensez pas pouvoir me soutirer un seul centime !
- Mais pour qui me prenez-vous monsieur ?
- Pour ce que vous êtes ! Une sangsue ! Depuis quand l'avez-vous vue ? 5 ans ? 8 ans ? Et vous apparaissez justement au moment où elle épouse un homme riche ? Tant qu'elle n'était qu'une petite serveuse, elle ne vous intéressait pas n'est-ce pas ?

- Je m'en vais. Inutile de me faire insulter d'avantage. Je crois que je n'aurais jamais dû venir.

Au moment où elle se levait, on entendit une voiture se garer devant la porte d'entrer. Sophie s'écria joyeusement :

- Thomas tu es la ? j'ai vu ta voiture ! t'es rentré tôt aujourd'hui !

Elle entra dans le salon et le sourire qu'elle avait aux lèvres se figea quand elle reconnut sa sœur.

- Tient, tient, dit-elle posément..

Elle avança vers son mari et lui fit un baiser sur chaque joue.

- Bonsoir toi!
- Bonsoir ma belle !
- Pourquoi Sophia est-elle dans notre salon ?
- Elle voudrait discuter avec toi.
- Vraiment ?

Elle se tourna vers sa sœur et la regarda de la tête aux pieds. Une lueur haineuse brilla dans ses yeux.

- Très chère sœur, la dernière fois que l'on s'est vu tu m'as pris ce que j'avais de plus précieux au monde, je n'ai plus rien à te donner alors fais-moi le plaisir de partir de ma maison tout de suite.
- Mon Dieu Sophie, répondit Sophia. Après plus de 10 ans tu m'en veux toujours ? Je croyais que tu m'avais pardonné !

- Tu sais très bien que tu avais dépassé la limite du supportable, on n'a strictement rien à se dire !
- Ecoute Sophie, je sais que je t'ai fait du mal. Et sache que je m'en excuse ! Est-ce qu'on ne pourrait pas faire table rase du passé ?
- Je ne peux pas enfanter à cause de toi et tu voudrais que je te pardonne ? Dans tes rêves oui !
- Sophie ...
- On n'a plus rien à se dire Sophia. Fais-moi le plaisir de déguerpir de cette maison et de ma vie avant que je ne perde totalement mon sang froid !
- Sophie, supplia-t-elle. J'ai vraiment besoin de ton aide ! S'il te plait ... écoute moi ...
- Sophia va-t'en !

Sophia s'enfuit en courant. Sophie ferma les yeux et respira profondément pour se contrôler.

**********

- Elle voulait mon aide Christian et je ne l'ai même pas laissé parler. J'ai vraiment honte de moi. Comment ai-je pu tomber aussi bas ! La moindre des choses serait d'écouter ce qu'elle avait à dire non ? Tout le monde a le droit de se défendre. J'aimerais vraiment savoir pourquoi elle ne m'a pas secouru ce jour-là. Pourquoi elle m'a laissée avec ce type !

Elle se redressa, se jeta dans les bras de Christian et éclata en sanglot. Il essaya de la réconforter.

- Calme toi chérie, ne te mets pas dans cet état. Tu étais en colère c'est tout et c'est légitime. N'importe qui à ta place réagirait surement de la même manière.

Il la berça jusqu'à ce qu'elle arrête de pleurer. Ensuite il lui essuya ses joues baignées de larmes.

- Alors tu étais serveuse quand tu as rencontré ton premier mari ?
- Oui.
- Comment cela se fait ? Qu'as-tu fait de ton héritage ?
- Je l'ai dépensé en toutes sortes de thérapie. Quand j'ai rencontré Thomas, j'étais serveuse dans un petit restaurant et j'essayais tant bien que mal de joindre les deux bouts. On a sympathisé. Ensuite il m'a fait part de sa proposition de mariage, des fortunes qu'il me léguerait après sa mort. J'ai mis du temps à accepter parce que j'avais du mal à comprendre pourquoi quelqu'un voudrait me venir en aide.

- Qu'est-ce qui t'a finalement décidé à accepter sa proposition ?
- Lui-même... J'ai dépensé ma fortune en thérapie et aucun psy n'a jamais vraiment pu m'aider. Pour cela il faudrait que je puisse raconter tout ce qui m'est arrivé. Il y a des secrets que je n'ai pu raconter à personne avant toi. Je n'ai jamais raconté quoi que ce soit à Thomas et pourtant, j'ai toujours eu la vague impression qu'il savait tout de moi. Il est la première personne à avoir pu m'aider à remonter dans mon estime. La deuxième personne c'était toi.
- Devrais-je me sentir jaloux de passer en deuxième ?
- Non, pas du tout. Il n'y avait rien de sexuel dans notre mariage. A l'époque le moindre effleurement avec un homme me dégoutait. Il était comme le père que j'ai toujours rêvé d'avoir. Celui qui n'aurait pas eu peur de prendre ma défense. Ce mariage c'était juste une formalité. C'était la garantie que personne ne viendrait contester son testament. Les gens de sa famille sont des requins. Ils ont essayé de contester son testament après sa mort, mais il était en béton. Thomas ne voulait vraiment pas que des gens mal intentionnés viennent détruire ce qu'il a mit une vie à construire.

- Ok. Je vois. Je ne comprends toujours pas pourquoi tu étais dans cet hôtel miteux à Port-au-Prince.
- Quand j'ai hérité de la fortune de mon mari, je me suis complètement entourée de luxe. Je voyageais en limousine, j'avais un jet privé, je me suis même procurée un château en Espagne ! Mais au milieu de tout cela j'étais extrêmement malheureuse. Alors mes psys m'ont conseillé de revenir à mes origines, de me rappeler d'où je viens, d'affronter mes peurs.
- Mais pourquoi tu as eu tous ces psychologues ?
- Eh bien, chaque fois qu'un psy me disait quelque chose qui me déplaisait, j'en changeais et au final ils m'ont tous donné à peu près le même conseil. C'était du gaspillage d'argent, alors j'ai cessé de les voir.
- Mais tu es quand-même allée en Haïti.
- J'ai pris la mort de ma sœur comme prétexte pour faire ce qui aurait dû être fait depuis des années.
- Tu as fait quoi du jet, du château, de la limousine ?
- Je ne les ai plus.
- Comment cela ?
- Le château c'était du gaspillage, j'ai pas du tout l'intention d'aller là-bas. La limousine et le jet je les ai donnés à une

œuvre de bienfaisance. Je préfère voyager comme le commun des mortels. J'ai remarqué que j'aime bien vivre simplement. Il y a peu de gens qui sachent que je suis la propriétaire de cet hôtel.

- Vraiment ?
- Je ne suis pas m'as-tu-vu. J'aime voyager incognito.

Avec le bébé à naitre Sophie s'adoucit de jours en jours. Christian voyait disparaitre dans ses yeux, petit à petit, toute la douleur et la rancœur qui la minait. Il pensait sérieusement à lui remettre la lettre que sa sœur lui avait laissée mais il doutait qu'elle soit vraiment prête pour cela. Pour ne pas risquer une fausse couche, Sophie réduisit ses heures de bureau et ne travailla qu'à mi-temps la semaine et pas du tout en week-end. Elle engagea une baby-sitter à plein temps pour l'aider avec Stéphanie.

N'étant pas oisif de nature, Christian ne supportait plus de rester à la maison à ne rien faire alors il se trouva du travail à temps partiel dans l'hôpital la plus proche. Il voulait pouvoir être disponible pour elle à n'importe quelle heure au cas où il y aurait un problème, alors il ne chercha pas un meilleur poste dans un hôpital plus éloigné. Il était vraiment très heureux. Il était marié avec la femme de sa vie, il n'avait pas de soucis d'argent et il allait être père. Pour lui la vie ne pouvait pas être meilleure.

Le père de Christian et tous ses frères et sœurs sont venus les voir à tour de rôle, selon leurs disponibilités, pour les féliciter. Sa mère, par orgueil refusa de faire le déplacement. Elle ne supportait pas de voir son fils préféré lui échapper. Elle considérait toujours qu'il gâchait sa vie avec cette mulâtresse.

Les jours passèrent, puis les semaines et vient le temps pour Sophie de faire sa première échographie. Christian l'accompagna et ils laissèrent Stéphanie avec la baby-sitter. Une fois à l'hôpital, ils attendirent quelques minutes, ensuite on les amena au médecin.

- Comment allez-vous Madame Jean-François ? demanda-t-il.
- Très bien merci.
- Pas trop de problème avec le bébé ?
- Je me fatigue assez vite. Il y a aussi les nausées matinales qui sont horribles. J'ai l'impression, à chaque fois, que mon estomac s'arrache. A part cela je n'ai pas de problème.
- Je vous prescrirai quelque chose contre la nausée. Cela devrait vous soulager.
- Merci docteur.

Sophie s'installa. Et Christian s'assied sur une chaise à côté d'elle.

- Ok. Voyons voir ce qu'on a là.

Le docteur passa un peu de gel sur son ventre et y promena l'appareil tout en regardant le moniteur. On entendit bientôt un bruit de battement de cœur. Christian et Sophie eurent un sourire. Il lui serra la main avec émotion. Le docteur fronça les sourcils.

- Quelque chose ne va pas ? demanda Christian aussitôt inquiet.
- En temps normal cela ne devrait pas être un problème, répondit-il, mais…
- Mais quoi ? demandèrent Christian et Sophie à l'unisson.
- Il y a deux cœurs qui battent. Madame vous êtes enceinte de jumeaux.

Sophie poussa une exclamation et regarda Christian.

- C'est une bonne nouvelle non ? demanda-t-il.
- Cela aurait pu l'être docteur, en effet. Rappelez-vous que je vous ai dit que c'était une grossesse à risque. C'est un vrai miracle qu'elle ait pu tomber enceinte. Son utérus n'est vraiment pas en état de porter un enfant. Mais alors, deux ? Franchement Monsieur, les chances de mener cette grossesse à terme passent de 60% à 40%.

Sophie devient livide. L'inquiétude assombrit le regard de Christian.

- Qu'est-ce que vous nous conseiller docteur ? demanda Sophie.

- Eh bien madame... Cela va de soi que vous allez devoir arrêter de travailler. Je ne sais pas dans quel état vous serez après l'accouchement donc je vous suggère de prendre un congé de 18 mois au moins. Je vous prescris une cure de repos 24/24 heures. Je vous garantis que les deux prochains trimestres ne seront pas de la tarte. Vous allez devoir rester au lit jusqu'à l'accouchement. Surtout, évitez tout ce qui pourrait causer la moindre petite contrariété.
- Comment vais-je faire pour passer 6 mois au lit ? S'exclama-t-elle. Je deviendrai folle ! Et mon entreprise ? Qui va s'en occuper pendant tout ce temps ?
- Je m'occupe de tout, dit Christian.
- Toi ? Tu es médecin je te signale !
- On trouvera une solution !
- Calmez-vous tous les deux, intervient le docteur, n'oubliez pas que trois vies sont en jeu en ce moment. Il faut à tout prix éviter tout stress si vous ne voulez pas faire une fausse couche.
- Ok docteur, dit Sophie, je m'arrangerai avec Michelle d'accord ? dit-elle à Christian.
- Très bien, dit-il.

Une fois à la maison Sophie se laissa tomber sur le canapé. Elle soupira.

- Mon Dieu ! je suis exténuée !

- Tu as voulu de cette grossesse, dit Christian en s'asseyant à côté d'elle, tu vas devoir accepter les conséquences.
- Je sais. Je ne regrette rien. Passe-moi le téléphone pour que je puisse appeler Michelle.

Christian prit le téléphone qui se trouvait sur la table et le lui tendit. Elle composa le numéro.

- Bonjour Michelle, comment vas-tu aujourd'hui ?
- Très bien merci Madame ! Et de votre côté?
- Cela peut aller. Ecoute j'ai été chez le médecin ce matin et malheureusement je vais devoir m'absenter du bureau pendant quelques mois.
- Vraiment ? Qu'allons-nous faire alors ?
- J'ai une bonne nouvelle à t'annoncer. Je viens de décider de te donner une promotion. Durant les quelques jours que j'ai passé en Haïti, tu m'as formidablement remplacée et je te félicite. J'ai décidé de te nommer gérante de la boite. Tu auras une augmentation conséquente et je t'enverrai prendre les cours appropriés à ton nouveau statut, à mes frais bien-sûr.

Michelle poussa une exclamation.

- Merci madame ! Merci beaucoup ! Vous ne le regretterez pas !

- Tu le mérites. On va devoir trouver quelqu'un d'autre pour te remplacer à ton ancien poste. Laquelle de nos temporaires fera l'affaire d'après toi ?
- Sans hésiter, Angela Walcourt. Tous nos clients ne disent que du bien d'elle. C'est notre meilleur élément.
- Dans ce cas, proposez-lui ce poste. Si toutefois il nous arrivait de manquer d'effectif tu n'as qu'à choisir une personne parmi notre longue liste d'attente.
- Bien sûr Madame.
- Tu devras avoir ton propre bureau. Utilise la pièce qui se trouve à côté du mien. Elle est vide si je ne m'abuse.
- Oui tout à fait.
- Tu peux la décorer à ta guise.
- Merci Madame. Je m'en occupe tout de suite.

Sophie raccrocha. Elle regarda Christian qui lui souriait.

- Quoi ? demanda-t-elle
- Tu m'impressionne. Tu n'étais pas obligée d'en arriver là. Il fallait juste qu'elle te remplace pendant le temps que tu serais absente.
- Elle mérite ce poste, vraiment. Elle est très compétente.
- Je suis fier de toi.

Il la prit dans ses bras et l'enlaça tendrement.

# CHAPITRE 15

A mesure que passaient les semaines, son ventre s'alourdissait et Sophie sentait une immense fatigue l'envahir. Elle avait de plus en plus de mal à se déplacer seule et resta confiner dans son lit. Elle, qui ne supportait pas l'oisiveté, devient rapidement insupportable. Et Christian en fit les frais.

- Ah !!!!!!!!!! Cria Sophie.

Christian, qui était dans la pièce à côté, pensa qu'elle avait des problèmes et se précipita à son secours. Il la trouva debout devant un miroir où elle se regardait de profil.

- Qu'est-ce qui y a ! demanda-t-il, inquiet.
- Je suis horrible !
- Quoi ?
- Je suis grosse et lourde ! J'ai l'air d'une vache ! se plaignit-elle.

Christian soupira et secoua la tête, exaspéré.

- J'ai cru un instant que tu avais un malaise…

Elle avança la lèvre inférieure en une moue boudeuse.

- Je ne peux plus me déplacer comme avant ! Quand je marche on dirait une tortue ! Cela me prend une éternité pour sortir du lit et aller aux toilettes !
- Tu portes des jumeaux chérie, c'est normal je pense.
- Je suis affreuse, ajouta-t-elle les yeux pleins de larmes.
- Mais non chérie, qu'est-ce que tu racontes ? Tu rayonne absolument ! La grossesse te va tellement bien !
- C'est gentil, mais à mon avis tu n'es pas objectif.

Elle bailla et avança doucement vers le lit où elle s'allongea. Christian s'approcha du lit et la borda avec tendresse.

- J'ai l'impression d'être toujours en train de dormir et je déteste cela !
- Dors autant que tu le peux mon amour, c'est bon pour les bébés.
- Etre obligée de passer mes journées au lit alors qu'il y a tant de chose à faire et tellement à voir !

Christian lui donna un baiser sur les lèvres et s'apprêta à quitter la pièce quand elle l'appela. Quand il se tourna vers elle, il vit qu'elle s'était redressée sur un coude et le regardait, un sourire aux lèvres toutes traces de larmes avaient disparu de ses yeux.

- Oui ?

- J'ai envie de manger des noix. Je peux en avoir dans un peu de gâteau s'il te plait ?
- Où veux-tu que je trouve cela ?

Elle s'allongea sur l'oreiller et haussa les épaules

- Demande à une cuisinière… fais ce qu'il faut, mais apporte-moi mon gâteau.

Christian s'inclina.

- Très bien madame… comme vous le souhaitez madame…

Il sortit à reculons et ne se redressa que sur le pas de la porte. Les jours suivants, Sophie devient de plus en plus irritable et la patience de Christian était mise à rude épreuve. Une nuit où ils étaient tous les deux allongés sur le lit, elle n'arrêtait pas de tourner et de se retourner et à chaque fois le bousculait sans ménagement.

- Tu ne pourrais pas arrêter ? demanda-t-il à bout de nerf. J'aimerais bien dormir !
- Désolée ! s'excusa-t-elle.

Elle resta quelques secondes immobile et se remit bientôt à remuer.

- Qu'est-ce qu'il y a ? demanda Christian. Quelque chose ne va pas ?
- Je n'arrive pas à dormir ! s'exclama-t-elle.
- C'est pour cela que tu me tiens réveillé ? Arrête donc de t'agiter autant !

- Je n'y peux rien ! Je suis désolée si je t'importune mais toute position m'est inconfortable !
- Qu'est-ce que je peux faire pour t'aider ? Tu veux quelque chose à boire ?
- Non ! Je veux seulement dormir !

Elle éclata en sanglot. Christian la prit dans ses bras et se mit à la bercer

- Calme-toi mon cœur…
- Je n'en peux plus… murmura-t-elle entre deux sanglots. J'aurais dû avorter…
- Ne dis pas de bêtises voyons ! Ce n'est qu'un dur moment à passer…
- Où est passé le temps où je me plaignais de beaucoup trop dormir ?
- Cela va passer mon cœur… C'est juste les petits désagréments de la grossesse c'est tout… Cela va passer…

Christian était à bout. Il avait désespérément besoin de repos. Il n'arrivait plus à se concentrer au travail et accumulait les erreurs. Il était à deux doigts de se faire licencier. Il savait bien que c'était à cause des hormones que Sophie était ainsi mais, le caractère versatile de celle-ci le perturbait au plus haut point.

- Christian ! Christian ! hurla Sophie un matin.
- Qu'est-ce qu'il y a, dit-il en accourant auprès d'elle.

Il la trouva assise calmement dans son lit, un sourire aux lèvres.

- J'ai envie de chocolat. Tu peux aller m'en acheter s'il te plait ?
- Je n'ai pas le temps mon amour, je dois partir travailler. Demande à quelqu'un dans ton personnel de le faire pour toi.
- Ce sont tous des incapables. Toi seul sais où me trouver ce que j'aime !
- Ridicule ! Si c'était vraiment des incapables tu les aurais déjà renvoyés. Depuis quand es-tu aussi capricieuse ?
- Depuis que je suis cloitrée dans ce lit 24 heures sur 24. J'ai l'impression de perdre la tête ! Alors je pense que c'est mon droit de faire quelques caprices.
- Eh bien… désolé de te décevoir mais tu te passeras de chocolat aujourd'hui. Je suis déjà en retard.
- Non ! Non ! hurla-t-elle avec colère.

Violemment, elle tapa des pieds et des mains sur le lit.

- Je veux du chocolat et je le veux tout de suite !
- Oh arrête de faire l'enfant, dit Christian exaspéré. J'en ai pardessus la tête. La baby-sitter va venir bientôt, je m'en vais.

Les yeux de Sophie se remplirent aussitôt de pleurs.

- T'as vraiment besoin de ce travail ? demanda-t-elle d'une voix larmoyante. J'ai assez d'argent pour deux…

- C'est fou la vitesse à laquelle tu passes d'une émotion à l'autre. Tu devrais être une actrice.

Les larmes coulèrent sur les joues de Sophie. Christian poussa un soupir à fendre l'âme.

- Chérie, faut-il vraiment qu'on ait cette discussion tous les matins ? Tu as beau être riche comme crésus, je refuse de vivre aux crochets de ma femme, c'est clair ? Maintenant je m'en vais avant de dire quelque chose que je pourrais regretter.
- Attends !

Christian l'ignora et sortit précipitamment de la pièce. Quand il ferma la porte derrière lui, il l'entendit éclater en sanglots. Il secoua la tête.

- Miséricorde ! Quel phénomène !

Il prit ses affaires et quitta l'appartement. Arrivé en bas il trouva la baby-sitter qui attendait l'ascenseur.

- Bonjour Cassandra, dit-il.
- Bonjour Monsieur Jean-François.
- Bonne chance avec Madame ce matin.
- Monsieur, si je dois m'occuper du bébé et de votre femme, il va me falloir une augmentation. Sans vouloir vous offenser, elle est extrêmement insupportable vous savez !

- Je sais. Il va me falloir quelqu'un de spécial pour ce cas. Je m'en occupe d'accord ?
- Merci.

Elle monta dans l'ascenseur et Christian se dirigea vers la sortie. Quelques jours plus tard, Sophie était en plein sommeil quand elle sentit qu'on la secouait.

- Debout ! On se réveille !

Sophie ouvrit un œil et vit un visage noir penché sur elle. Elle ferma l'œil et se tourna sur l'autre coté. On la secoua à nouveau.

- Debout paresseuse !

Elle se redressa vivement sur le lit et se tourna vers la personne qui dérangeait un si bon sommeil.

- Qui êtes-vous ? explosa-t-elle. Qu'est-ce que vous faites dans ma chambre ?

La femme, debout devant son lit, lui sourit.

- On ne vous a jamais dit qu'il ne faut pas réveiller une femme enceinte qui dort ?
- Et on ne vous a jamais dit que l'excès en tout nuit ? Il est plus de midi ! Je vous ai déjà préparé un bain. Allez hop ! On se lève !
- Je n'ai pas d'ordre à recevoir de vous ! Je ne suis pas obligée de me lever, le médecin m'a dit de rester au lit !

Sophie s'allongea à nouveau sur le lit et tira la couverture sur sa tête. Cette dernière fut vivement retirée et propulsée de l'autre côté de la pièce.

- Hé ! s'écria Sophie. De quel droit osez-vous ?
- J'ai tous les droits.
- Votre tête me dit quelque chose. Est-ce qu'on se connait ?

Elle réfléchit quelques secondes.

- Ne seriez-vous pas l'une des nombreuses sœurs de Christian ?
- Oui, Emilie, l'ainée.
- Qu'est-ce que tu fais là ? demanda-t-elle en la tutoyant.
- Christian m'a téléphoné.
- Je vois. Il a appelé au secours.
- Pas du tout. Je suis infirmière. C'est pour cela qu'il m'a appelé. Il voulait seulement avoir quelqu'un de confiance pour veiller sur toi quand il n'est pas là.
- C'est ce qu'il t'a dit, mais je sais que c'est un appel au secours. Je suis invivable, j'en ai bien conscience, mais je n'y peux rien, je me sens inconfortable peu importe la position que je prends et puis je m'ennuie tellement ! J'en ai par-dessus la tête d'être confinée à ce foutu lit. J'ai envie de nager. J'ai envie de danser. J'ai envie…
- Cela suffit, dit Emilie en l'interrompant. Tu voulais ces bébés non ? Alors arrête de te plaindre.
- J'ai des crampes à force d'être allongée ! se plaignit Sophie.

- Raison de plus pour te lever. Je vais t'aider…
- Volontier, dit Sophie.

Grace à Emilie, durant les semaines qui suivirent Christian put enfin se reposer. Sa sœur prit en charge, d'une main de fer, son acariâtre de femme. Cela le gênait vraiment de voir sa sœur exécuter tous ces trucs si simples qui pourtant soulageaient tellement Sophie. Celle-ci se mit bientôt à réclamer Emilie pour tout et Christian se sentit rapidement exclu.

Des fois il se disait qu'on avait raison de dire qu'il n'était qu'un fils à maman. Il devrait pouvoir faire face à toutes les situations et arrêter d'appeler ses sœurs au secours à chaque difficulté. Après tout, c'est cette vie-là qu'il a choisi, il devrait pouvoir assumer.

Un matin, la baby-sitter, incapable de calmer Stéphanie, qui n'arrêtait pas de pleurer depuis plusieurs heures, partit avec elle faire une petite promenade. Après avoir installée Sophie sur une chaise longue à côté de la piscine, Emilie sortit à son tour lui chercher des fraises, caprice du moment. En sortant de l'ascenseur elle croisa sa mère en grande discussion avec un employé, elle intervient.

- C'est bon vous pouvez partir, dit-elle à ce dernier, je m'en occupe.

L'employé s'éloigna et Emilie se tourna vers sa mère.

- Maman ? Qu'est-ce que tu fais là ?
- Qu'est-ce que tu crois ? Je suis venue voir ma belle-fille et on refuse de me laisser monter ! Apparemment je ne suis pas sur la liste d'invités !
- Pourquoi tu veux la voir ? Sophie ne laisse pas n'importe qui monter chez elle.
- Parce que je suis n'importe qui ? Je te rappelle qu'elle est mariée à mon fils. J'ai besoin d'être sur une liste d'invités ? Quelle prétentieuse cette fille !
- Sophie n'est pas prétentieuse pour un sou, et si tu mettais de côté tes préjugés tu l'aurais déjà remarqué.
- Tu vas me faire monter oui ou non ?
- Dis-moi d'abord ce que tu lui veux ? Si c'est pour faire une scène que t'es venue, je ne pourrai pas te laisser monter.
- Mais non qu'est-ce que tu croies ? je suis juste venue m'excuser, d'accord ?
- Ok.

Emilie prit sa clé et ouvrit la porte de l'ascenseur.

- Je te laisse monter maman, mais promet moi de ne pas la bousculer, elle est fragile en ce moment.
- Bien sûr.
- Elle est sur la terrasse, suis le couloir jusqu'au bout.
- Merci chérie.

Elle laissa sa mère entrer dans l'ascenseur tout en se demandant si elle fait bien de les laisser seules toutes les deux.

Un bruit de pas réveilla Sophie qui somnolait.

- Emilie c'est toi ? Demanda-t-elle, tu as oubliée quelque chose ?

Elle tourna paresseusement la tête en direction de la porte qui venait de s'ouvrir et se redressa sur la chaise, surprise.

- Qu'est-ce que vous faites chez moi ? Qui vous a laissé monter ?
- Emilie m'a respectueusement invitée à monter. Quelle idée stupide cette liste d'invités ! Faut-il vraiment que j'aie besoin de votre permission pour venir vous voir ? Fallait-il s'attendre à autre chose d'une mulâtresse vivant dans un tel palace ?

Elle regarda autour d'elle avec mépris.

- Qu'est-ce que vous me voulez ? avez-vous fait tout ce chemin pour critiquer ma façon de vivre ? Ai-je jamais critiqué votre poulailler moi ?
- Comment osez-vous ! S'exclama-t-elle avec un hoquet de surprise. Personne, absolument personne n'a jamais osé me parler sur ce ton !
- Il faut bien un début à tout !

Madame Jean-Baptiste s'approcha de Sophie et déclara, hautaine :

- Je ne comprends toujours pas ce que mon fils peut bien vous trouver. Tout allait bien dans ma famille avant votre apparition.
- Et moi, je ne comprends pas l'animosité que vous ressentez à mon égard. Vous n'avez jamais fait le moindre effort pour me connaitre. Avez-vous accueilli toutes vos belles-filles de la même manière ?
- Elles ont toutes tout de suite marché droit ! Aucune n'a eu le culot de se marier sans m'envoyer une invitation en bonne et due forme !
- Ecoutez, je suis désolée de vous avoir blessée, mais reconnaissez que c'est vous la responsable ! Vous m'avez tout de suite prise de haut !
- Mon fils s'est détourné de moi à cause de vous, je ne saurais laisser passer cela ! Je vous ferai ramper à mes pieds comme vous aurez toujours dû le faire !

Sophie se mit debout péniblement et la regarda dans les yeux.

- Ecoutez madame, malgré toutes les épreuves que j'ai dû subir au court de mon existence, je n'ai jamais courbé l'échine devant personne. Jamais je ne ramperai à vos pieds ! Vous refusez de m'accueillir dans votre famille parce que je suis une mulâtresse ! C'est le comble ! vous n'êtes qu'une raciste ! Vous venez me manquer de respect sous mon propre toit ! Je refuse de supporter cela d'avantage !

Elle lui tourna le dos et se dirigea vers la salle de séjour.

- Je vais appeler tout de suite la sécurité pour qu'on vous mette à la porte ! s'exclama-t-elle.

Madame Jean-François vit rouge et se précipita à la suite de Sophie.

- Où allez-vous ? demanda-t-elle. Je n'ai pas fini ! personne ne me tourne le dos !

Elle poussa Sophie qui trébucha et heurta violemment un fauteuil avant de s'écrouler sur le sol en poussant un cri strident. Elle sentit quelque chose se déchirer en elle et une douleur atroce l'aveugla. Elle se traina tant bien que mal sur le sol pour atteindre le téléphone qui était sur la table basse, laissant derrière elle une trainée de sang sur le sol. Elle composa le numéro de Christian.

- Allo ?
- Christian ? Christian… au secours… dit-elle d'une petite voix.
- Sophie ? Que se passe-t-il ? demanda-t-il d'une voix inquiète.
- J'ai fait une vilaine chute…
- Quoi ? Comment cela a pu arriver ? où est Emilie ?
- Ta mère…
- Quoi ma mère ? Elle est avec toi?
- Christian... vient vite... ta mère m'a poussée…

Sophie s'évanouit

- Qu'est-ce que tu dis ? Sophie ? Sophie !

# CHAPITRE 16

Quelques minutes plus tard, Christian, complètement affolé, débarqua à l'hôtel, avec des ambulanciers à sa suite. Une fois en haut, il trouva sa mère, debout dans une marre de sang, qui regardait Sophie, complètement statufiée. Il se dirigea vers elle.

- Maman ! Qu'est-ce que tu as fait ?

Elle leva la tête vers lui.

- Christian, pardonne-moi. Je suis vraiment désolée !
- Tu ne t'en sortiras pas comme cela cette fois !

Il prit son téléphone et appela la police pendant que les ambulanciers stabilisaient Sophie. Quelques minutes plus tard, les ambulanciers sortirent de l'ascenseur avec Sophie sur un brancard suivit de Christian et deux policiers, qui escortaient Madame Jean-François. C'est à ce moment qu'arriva Emilie avec un sac à provisions en main. Quand elle vit ce qui se passait, elle poussa une exclamation et laissa tomber ce qu'elle portait.

- Sophie ! Oh mon Dieu, c'est ma faute !

Christian laissa partir les policiers et les ambulanciers et se tourna vers les employés qui s'étaient attroupés et laissa enfin exploser sa colère.

- Lequel d'entre vous l'a laissée monter ?

Ses yeux lançaient des éclairs.

- Lequel d'entre vous l'a laissée monter ? répéta-t-il.

L'employé qui se disputait avec la mère de Christian fit un pas en avant, tremblant de peur.

- Monsieur Jean-Baptiste, commença-t-il.
- Vous ! s'exclama Christian en s'avançant vers lui, vous allez me le payer. Je vous le garantie !

Il le prit au collet

- Monsieur… attendez ! supplia l'employé, laissez-moi vous expliquer !

Christian leva le poing.

- Attend ! s'exclama Emilie.

Christian se tourna vers sa sœur.

- Où est ce que tu étais ? Comment cela a bien pu arriver ?
- C'est ma faute, c'est moi qui ai laissé monter maman. Ce pauvre garçon n'a rien à avoir là-dedans.

Christian lâcha l'employé qui poussa un soupir de soulagement. Il sortit, d'une main tremblante, un mouchoir qu'il utilisa pour éponger son front en sueur.

Christian se dirigea vers sa sœur qui fit plusieurs pas en arrière. Il piétina sans ménagement les provisions d'Emilie et la pris fermement par le bras.

- Comment as-tu pu ? Demanda-t-il d'une voix de rage contenue. J'avais confiance en toi ! C'est pour cela que je t'ai fait venir !
- Je suis désolée ! Elle avait dit qu'elle voulait seulement s'excuser !
- Et tu l'as crue ? Tu l'as laissée seule avec Sophie ?

Il lui empoigna fortement le bras. Emilie poussa une exclamation de douleur.

- Arrête Christian, tu me fais mal !

Il inspira profondément et la lâcha.

- Tu t'en vas, dit-il.
- Quoi ?
- Tu vas faire tes bagages et retourner d'où tu viens !
- Mais… Christian…
- Je commence à comprendre que personne dans ma famille n'est digne de confiance. Désormais, je m'occuperai seul de Sophie.

Il se dirigea vers la sortie. Emilie frotta son bras endolori et se dirigea vers les ascenseurs, des larmes coulaient sur ses joues.

Cela faisait plusieurs heures que Christian attendait tout seul dans la salle d'attente. Il se demandait ce qu'il deviendrait sans Sophie. Il se leva et se mit à faire les cents pas. Cette interminable attente lui portait vraiment sur les nerfs. Chaque fois qu'il voyait une infirmière, il se précipitait pensant qu'on venait lui donner des nouvelles. Tout à coup, n'y tenant plus, il aborda, carrément, une infirmière qui sortait précipitamment de la salle d'opération. Il lui prit le bras, ce qui la stoppa net dans sa course.

- Infirmière, que se passe-t-il ? Il est arrivé quelque chose à ma femme ?
- Docteur Jean-François...
- Oui, parlez !
- Lâchez-moi tout de suite !
- Désolé (il lui lâcha le bras) C'est l'attente vous comprenez ? Je n'en peux plus ! Dites-moi ce qui se passe !

L'infirmière devient blanche comme un linge.

- Hum... vous ne voulez pas attendre le docteur Stéphane de préférence ? Il vous expliquera tout...
- Non ! Je veux savoir tout de suite ! Qu'est-ce que vous me cachez ? Pourquoi faites-vous cette tête ?
- Je suis désolée d'avoir à vous apprendre cela mais l'un des bébés est mort-né, il n'a pas survécu au choc. On a vraiment fait ce qu'on a pu ! Pour l'autre bébé, on a réussi à le réanimer mais il est très faible. On devra le mettre dans une couveuse. Quant à votre femme...

L'infirmière hésita, incapable d'aller plus loin. Christian, exaspéré avait une forte envie de la secouer pour la faire parler.

- Mais parlez bon sang ! explosa-t-il.
- On n'arrive pas à stopper l'hémorragie, elle a déjà perdu beaucoup de sang. Il nous en faut d'urgence !
- Vous en avez en stock non ?
- Oui, bien sûr ! C'est ce que j'allais chercher quand vous m'avez stoppée. Chaque seconde compte !
- Ok, allez-y.
- S'il vous plait docteur, asseyez-vous. Vous savez que votre femme est en de bonne main.

Elle s'en alla chercher du sang aussi vite qu'elle put. Christian resta quelques secondes immobile. Tout à coup il frappa son poing violemment sur le mur.

- Merde, s'exclama-t-il.
- Maman, je vais te tuer, pensa-t-il, t'a intérêt à faire tes prières !

Il recommença à faire les cent pas dans la pièce. Son téléphone se mit à sonner.

- Allo ?
- Christian, Emilie est dans tous ses états ! Elle m'a appris ce qui s'est passé. Tu as tort de lui en vouloir.
- Papa, ne te mêle pas de cela !
- Elle ne pensait pas à mal tu le sais bien ! Ta mère ne s'est jamais comportée de

cette manière. Comment voudrais-tu qu'elle doute de sa parole ?

- Papa…
- Ecoute mon fils ne fais pas payer à ta sœur les erreurs de ta mère. C'est clair que celle-ci n'a plus toute sa tête. Je la ferai suivre par un psy dès qu'elle rentrera.
- Cela ne risque pas d'arriver.
- Comment cela ?
- J'ai porté plainte contre elle, la police l'a arrêtée.
- Quoi ? Qu'est-ce que tu as fait ? Comment as-tu pu ? Retire ta plainte tout de suite !
- Comment j'ai pu ? J'ai perdu un fils aujourd'hui ! Et je suis à deux doigts de perdre aussi Sophie ! Tu me demande comment j'ai pu ? Elle a tué mon fils et tu voudrais que je retire ma plainte ?
- Oh… Je ne savais pas… dans ce cas je viens par le premier avion !
- Non.
- Comment cela non ? Dans un moment pareil tu as besoin du soutien de toute ta famille. On vient tous !
- J'ai dit non ! Je gère parfaitement la situation.
- Je ne te demande pas ton avis fils.

Il raccrocha.

- Hé ! s'exclama Christian.

Il regarda le téléphone et sentit une rage incontrôlable l'envahir. Il l'envoya valser contre un mur.

- Quand est-ce qu'ils me laisseront enfin tranquille ?

Il se passa les mains dans les cheveux, soupira et s'assied. Il tenta de se calmer en respirant profondément. Quelques instants plus tard, le docteur Stéphane s'approcha de Christian. Celui-ci se mit aussitôt debout, l'air inquiet :

- Alors ? Demanda-t-il.
- On a réussi à stopper l'hémorragie. Votre femme va bien. On l'installe en ce moment dans la salle d'observation. Vous pouvez aller la voir.
- Merci !

Il courut vers le couloir et se dirigea vers la chambre où on avait installé Sophie. Il dût attendre qu'infirmières et aide soignants finissent de s'affairer autour d'elle. Elle était toujours sous les effets de l'anesthésie. Quand ils eurent fini, il s'installa à côté d'elle.

Quelques instants plus tard, on apporta le bébé dans la chambre, dans une couveuse à côté de sa mère. Christian se leva et s'approcha. Il regarda, impuissant, ce petit être qui luttait pour respirer. A ce moment précis il haïssait vraiment sa mère. Il a perdu un fils et l'autre a peu de chance de survivre. Il aurait très bien pu perdre Sophie aussi, la prunelle de ses yeux. Il retourna s'assoir à côté d'elle.

Les jours suivants Christian resta scotcher dans la chambre, ne quittant sa femme que pour aller prendre une douche ou pour manger. Sophie était extrêmement faible et ne restait consciente que quelques minutes pour s'endormir tout de suite après.

Christian s'était endormi dans le fauteuil quand il sentit que quelqu'un le secouait. Il ouvrit les yeux et vit son père et toute sa famille, debout devant lui.

- Fils…
- Papa ? Pourquoi tu es là ? Pourquoi vous êtes tous là ? Vous n'aviez pas besoin de faire le voyage.
- On est venu te supporter dans ces moments difficiles.
- Eh bien comme vous voyez, je gère la situation donc vous pouvez tous repartir.
- Ridicule ! Tu tombes de fatigue, c'est évident. Pourquoi tu ne rentres pas te reposer ? On veillera sur ta femme.
- Ah oui ? La dernière fois que j'ai fait confiance à l'un d'entre vous pour veiller sur elle, j'ai perdu un fils. Non merci, je ne vais nulle part.

Emilie s'avança.

- Christian, je suis vraiment désolée ! dit-elle. Je ne pouvais pas savoir que maman ferait cela !

Christian se leva.

- Qu'est-ce que tu fais encore là toi ? Je ne t'avais pas dit de partir ? Je ne veux pas te voir ! Vas-t-en tout de suite !

Sophie s'agita dans son sommeil. Christian le remarqua et fit signe à tout le monde de sortir de la chambre.

- Dehors, murmura-t-il, il ne faut pas la réveiller.

Ils sortirent tous de la chambre et se dirigèrent vers la salle d'attente.

- Christian... dit Emilie en se dirigeant vers lui
- Non. Je ne veux plus rien savoir de toi.
- Fils, intervient son père, tu as tort d'en vouloir à ta sœur. Ce n'est pas de sa faute si quelque chose cloche chez ta mère.
- C'est vrai que maman est en prison ? demanda l'un de ses frères.
- Comment as-tu pu ? Demanda un autre.
- Retire ta plainte tout de suite ! s'exclama une sœur.

Un brouhaha s'éleva dans la salle, car chacun voulut donner son opinion.

- Cela suffit ! Hurla Christian.

Le silence se fit aussitôt.

- Maman a causé la mort de l'un de mes fils et l'autre lutte encore pour survivre. Même si la vie de Sophie n'est plus en danger, je ne peux pas lui pardonner. Je suis désolé, mais je ne suis pas disposer à retirer ma plainte.

- Laisse nous au-moins t'aider, dit son père. Vas te reposer fils, on se relayera auprès de ta femme.
- Non !
- Mais... tu peux compter sur nous, on est venu pour cela non ?
- J'ai dit non ! hurla-t-il. Chaque fois que j'ai fait appel à l'un d'entre vous quelque chose s'est produit. Je refuse catégoriquement votre aide. Maintenant, allez-vous-en.

Son père sourit.

- Quoi ? demanda-t-il, dérouté. J'ai dit quelque chose de drôle ?
- Tu as toujours eu le sang chaud mon fils. Petit, tu n'hésitais pas à brandir tes poings quand il s'agissait de défendre tes intérêts. Tu n'es pas un faible, tu ne l'as jamais été. C'est pour cela que je n'ai jamais compris pourquoi tu obéissais aveuglément à ta mère. Aujourd'hui encore, regarde-toi ! Tu défends férocement ta famille ! Je suis fier de toi. Elle a beaucoup de chance ta Sophie.

Christian passa une main dans ses cheveux. Il regarda son père, incapable de répondre à cela. Il se demandat si son père ne venait pas de lui faire un compliment. Ce dernier se tourna vers sa famille et fit un geste pour montrer la sortie.

- On s'en va, dit-il.

- Quoi ? s'exclama-t-on. On fait quoi pour maman ?
- Ecouter... votre mère a besoin de l'aide d'un psychiatre et non d'être enfermée dans une prison. Mais, il est inutile de discuter avec lui, quand il a prit une decision, il s'y tient . Dorénavent, la seule personne capable de lui faire changer d'avis se trouve sur ce lit. Espérons seulement qu'elle ne sera pas rancunière...

Mais… protesta-t-on.

- On s'en va j'ai dit !

Ils quittèrent tous la pièce, les uns après les autres. Christian se dirigea vers la chambre de sa femme et la trouva assise dans son lit, regardant le bébé qui somnolait dans la couveuse. Quand elle le vit approcher, elle lui sourit.

- Bonjour mon amour, dit-il en l'embrassant, je vois que tu vas mieux.
- Bonjour chéri, répondit-elle. Je pense que je vais bien.

Elle regarda en direction du bébé.

- C'est notre fils ? Demanda-t-elle.
- Oui.
- Mais et l'autre ? Où est-il ?
- Il n'a pas survécu, je suis désolé.
- Non… murmura-t-elle, en secouant la tête. Ce n'est pas vrai !
- Ils ont fait ce qu'ils ont pu, dit-il en s'asseyant à côté d'elle.

Elle éclata en sanglots. Christian la prit dans ses bras.

- Calme-toi chérie.
- J'ai… perdu… mon fils, parvient-elle à dire entre deux sanglots. C'est ma faute… Je n'ai pas pu le garder.
- Sophie chérie, calme-toi s'il te plait. Ce n'est pas ta faute d'accord. Si on doit en vouloir à quelqu'un, c'est à ma mère. C'est à cause d'elle si tout cela est arrivé.
- Non, dit-elle, en tentant de se calmer. C'est la faute de personne s'il n'était pas assez fort pour survivre. Je suis désolée Christian. J'aurais tellement voulu te donner un fils.
- Mais tu m'as donné un fils. Aurais-tu déjà oublié que c'était des jumeaux ?

Ils tournèrent leurs têtes en direction de la couveuse.

- C'est vrai, dit-elle en souriant. N'est-ce pas qu'il est beau ?
- Oui, répondit-il avec fierté.

Ils regardèrent leur fils qui dormait paisiblement. Sa peau était de la même couleur que celui de son père et à voir la masse de cheveux qui ondulaient sur sa tête, il avait ceux de sa mère.

- Cette semaine, il a lutté courageusement pour survivre. Il a déjà pris du poids. J'espère qu'il continuera sur cette lancée.

- Il a intérêt, dit-elle en essuyant ses larmes.
- Comment on va l'appeler ? Je ne voulais pas faire ce choix sans toi.
- C'est vrai ? T'es trop chou !

Elle lui donna un baiser sur les lèvres et réfléchit.

- Pourquoi pas Maxime ?
- Moi je préfère Alexandre.
- Alexandre ? Pourquoi pas les deux ? Maxime Alexandre Jean-François. Qu'est-ce que t'en pense ?
- J'adore.

Sophie s'allongea sur le lit et regarda Christian avec adoration.

- Tu ne voulais pas du bébé au début. Malgré tes protestations, je t'ai quand même donné un fils.
- C'est vrai mon amour, je ne te remercierai jamais assez pour cela.

Il se pencha et ils échangèrent un long baiser.

- Depuis quand tu n'as pas dormi ? Tu as une tête affreuse !
- Je ne sais plus. Une semaine ?
- Rentre à la maison, vas te reposer s'il te plait.
- Je veux rester avec toi ! Je ne peux pas te laisser seule !
- Je suis une grande fille, je peux me débrouiller. Et puis, on t'appellera s'il se passe quelque chose n'est-ce pas ?

- Oui, mais…
- J'insiste ! Vas te reposer !
- Ok ! j'y vais.

Il lui donna un baiser sur la bouche et s'en alla.

## CHAPITRE 17

Christian rentra chez lui et s'allongea sur son lit, épuisé. Il dormit, ce qui lui semblait être quelques minutes quand la baby-sitter le réveilla.

- Quoi ? demanda-t-il.
- Désolé de vous réveiller Mr. Jean-François mais j'ai bien peur que Stéphanie ne soit gravement malade.

Il se redressa et la regarda, l'air inquiet.

- Comment cela, demanda-t-il ? Qu'est-ce qu'elle a ?
- Au début elle avait juste un peu de fièvre de temps en temps. Je pensais que ce n'était pas grave. Avec votre femme à l'hôpital, je ne voulais pas vous déranger.

Christian quitta son lit et se dirigea vers la chambre du bébé. Elle avait clairement des difficultés à respirer, elle avait la peau un peu grisâtre et sa température était anormalement élevée.

- Je me suis résolue à vous réveiller parce que sa température refuse de descendre depuis hier soir et je commence à m'inquiéter sérieusement.

- Tu as bien fait, dit-il en prenant le bébé dans ses bras, on l'emmène tout de suite à l'hôpital.

On installa Stéphanie et le nouveau-né dans une chambre voisine à celle de Sophie. Celle-ci put aller les voir à chaque fois qu'elle le souhaitait. Elle n'avait qu'à sonner une infirmière pour qu'on l'aide à se déplacer. Les examens révélèrent que Stéphanie souffrait d'une infection sévère. Elle allait devoir rester à l'hôpital pendant un certain temps.

Sur l'insistance de Sophie, Christian fit libérer sa mère, mais il exigea des mesures d'éloignement contre elle.

Au fur et à mesure que les jours passaient, Sophie prenait des forces et bientôt elle put se déplacer sans l'aide de personne. Christian remarqua un grand changement en elle. Les dernières réticences qu'elle avait envers Stéphanie se sont envolées en fumée. A la voir ainsi penchée sur ce petit corps, l'amour qu'elle avait pour elle grandissait chaque jour. Christian pensa qu'il était temps de lui donner la lettre que Sophia lui a laissée. D'après ses constatations, Sophie était enfin prête à passer à autre chose.

- Sophie, dit Christian un matin, j'ai remarqué que ton attitude envers Stéphanie à changer. Qu'est-ce qui t'a fait changer d'avis envers elle ?

Sophie regarda le bébé qui dormait et réfléchit.

- Je pense que j'ai commencé à la voir sous un nouveau jour quand j'ai compris que j'étais enceinte. Mon principal problème était que sa mère pouvait avoir un bébé et pas moi. Savoir que je ne serai jamais mère, me rongeait depuis tellement d'années.

Si je n'avais pas pu te passer ce coup de fil, j'aurais pu y passer. Je me serais vidée de mon sang. Je suis passée à deux doigts de la mort, et cela fait réfléchir. A quoi bon lui faire payer les erreurs de sa mère ? A quoi bon passer ma vie à en vouloir à une morte ? La vie est trop courte pour ce genre de chose. J'ai un mari qui m'aime (elle lui sourit) et deux enfants magnifiques (elle regarda ses enfants à tour de rôle), je ne peux pas me permettre de rester coincée dans le passé.

Elle resta un instant en silence, le regard perdu dans le lointain.

- Il y a une chose que j'aimerais quand même comprendre.
- Quoi ? demanda Christian.
- Pourquoi… Pourquoi Sophia me détestait autant ? Qu'est-ce que j'ai bien pu faire de mal pour mériter tout cela ?
- Cela me fait plaisir que tu poses cette question parce que je pense avoir la réponse.

- Ah bon ? Elle haussa un sourcil.

Christian prit une enveloppe qui se trouvait dans sa poche et le tendit à Sophie

- Qu'est-ce que c'est ? Demanda-t-elle
- C'est la lettre que Sophia t'a laissée. Tu l'avais laissée chez le notaire, je suis parti avec.
- Vraiment ? Je l'avais complètement oubliée ! Est-ce que tu l'as lue ?
- Non...
- Je ne crois pas que j'aurai le courage de la lire. Tu peux le faire pour moi ?

Elle lui tendit la lettre. Christian la prit, l'ouvrit et commença sa lecture.

*Ma très chère Sophie,*

*Si tu lis cette lettre c'est que je suis morte. Il y a tellement de choses que j'aurais aimé te dire, tellement de choses à me faire pardonner. Je m'en veux terriblement, si seulement tu savais. Je t'en ai toujours voulu pour le simple fait d'être née.*

*Déjà enfant, je ne supportais pas de partager avec toi, ma maison, ma chambre, mes parents. Il y avait toujours eu un lien entre nous. Ce lien qui me faisait savoir quand tu étais heureuse, triste ou malade. Je ne supportais pas de sentir tout au fond de moi que je n'étais pas fille unique. Je voulais détruire ce lien.*

*Je voulais que le monde tourne autour de moi et qu'on t'oublie tout simplement. J'ai tout fait pour cela. Cela à commencer par des blagues innocentes comme le fait de faire une bêtise et de dire que c'était toi la coupable.*

*Quel jubilation quand j'ai compris que nos parents gobaient tout ce que je leur racontais sur toi ! Je faisais tout ce que je voulais et c'était toi qui étais toujours punie. Je me rends compte maintenant que tu as eu une enfance horrible à cause de moi. Tu ne m'as jamais dénoncé. Mais qui t'aurais cru d'ailleurs ? Certainement pas nos parents ! J'étais leur chouchoute et toi t'étais le mouton noir de la famille. J'étais une reine et toi, la servante.*

*Peu importe ce que je te faisais subir, il y avait toujours ce lueur d'espoir dans tes yeux. L'espoir que finalement je finisse par t'aimer. Je n'arrivais pas à te briser alors au fil des ans mes bêtises se sont transformée en coup tordu. Un beau jour j'ai tout simplement dépassé les bornes. Je savais que tu sortais avec Christian, qu'entre vous c'était du sérieux. Tu étais folle amoureuse de lui et tu allais le présenter aux parents. Alors j'ai fait le seul truc que je savais qui te briserait irrémédiablement. J'ai pris ta place dans son lit et j'ai fait en sorte que tu nous surprennes. Ce fut facile, il ne me connaissait pas donc, il n'avait aucun élément de comparaison. Mais il ne s'est rien passé je te le jure ! Pour une raison que j'ignore dès que je me suis mise nue il a tout de suite compris que je n'étais pas toi ! Mais c'était trop tard. Tu es entrée dans la chambre. Quand tu nous a vus t'a pas fait de scène comme je l'espérais, tu as tout simplement disparue de la maison, de ma vie. Je n'ai jamais plus ressentie ce lien qui nous unissait auparavant.*

*Le hasard a voulu que tu croise mon chemin à un très mauvais moment. A l'époque, je me droguais et je devais un paquet d'argent à mon dealeur. Il est passé à la maison, tu étais là et tu me ressembles tellement ! Il ne savait pas que j'avais une jumelle. Il t'a tout simplement prise pour moi ! Mon dieu ! Je m'en veux tellement ! Quand je pense à ce qu'il a osé te faire ! Ce jour-là je planais littéralement et dans mon esprit tordu, je me suis dit que si je le laissais faire ce qu'il voulait de toi, je serai enfin libre. Quand j'ai eu les idées claires, j'ai appris ce qu'il t'a fait, le monstre ! Je suis passée te voir, tu étais dans le coma. Et dans quel état ! Pardonne-moi ! C'est ma faute ! Si je ne m'étais pas droguée tout ceci ne se serait pas produit !*

*Après plus de 10 ans, le remord me rongeais toujours pour tout ce que je t'avais fait. J'ai réussie à savoir où tu vivais et je suis passée te voir. J'avais espérée, qu'après tout ce temps, que tu veuilles enfin accepter mes excuses. J'ai vite déchanté car la petite lumière qui a toujours briller dans tes yeux n'y était plus. Je comprends que je ne mérite pas ton pardon, je t'ai privée de tellement de chose !*

*J'ai eu une si mauvaise vie ! J'ai fait tellement de choses horribles ! Je suis tombée malade, le docteur m'avais dit que j'étais trop faible, que je ne survivrais surement pas à l'accouchement. Mais je m'en moquais. J'y ai vu un moyen de me racheter auprès de toi. Je sais que tu ne pourras pas avoir d'enfant. C'est ma faute, alors s'il te plait, accepte ma petite Stéphanie. Je ne serai pas là pour la voir grandir. J'aimerais que toi et Christian soyez ses tuteurs. Pardonne le s'il te plait, il ne voulait pas te faire de mal, il ne savait pas que c'était moi.*

*Donne à ma petite-fille l'amour que je n'ai jamais eu pour toi. Fais d'elle la fille que tu n'auras surement jamais, à cause de moi. Sois pour elle la mère que je n'aurais jamais pu être. S'il te plait, je t'en supplie, ne lui fais pas payer toutes les méchancetés que j'ai eues envers toi. Je te souhaite le bonheur que tu mérites. Je t'en ai privé. Je mérite mon sort.*

*Sois heureuse*
*Sophia*

- Eh bien, dit Christian, en terminant sa lecture.

Il plia la lettre et la remit dans l'enveloppe. Il leva les yeux et vit des larmes coulés le long des joues de Sophie.

- Cela va aller? demanda-t-il.
- Oui… (elle s'essuya les joues et respira profondément)
- Est-ce que tu te sens prête à pardonner finalement ?
- Je pense que oui. Il faut que j'aille en Haïti.
- Pourquoi ?
- J'ai besoin de laisser le passé derrière moi. Je dois retourner là-bas pour pouvoir dire adieu à ma mère et à ma sœur. Je dois les laisser partir, les laisser reposer en paix. Il n'y a qu'ainsi que je pourrai enfin pardonner et aller de l'avant.
- Ok. Pas de problème. Je t'y emmènerai dès que tu seras en mesure de voyager.
- Merci mon amour.
- Lève-toi…
- Pourquoi ?
- S'il-te-plait chérie, lève-toi…
- Ok

Elle se leva. Christian la fit bouger un petit peu, s'installa à sa place, la fit s'assoir sur ses genoux et l'enlaça tendrement. Sophie se laissa aller contre lui et ferma les yeux.

La mère de Christian, malgré l'interdiction de la police, arriva à ce moment précis. Elle les regarda un long moment et son cœur se serra. En voyant ce charmant tableau, elle dû admettre malgré elle qu'elle a perdu la bataille. Son fils préféré a trouvé la femme de sa vie. Et si elle ne veut pas le perdre totalement, elle va devoir accepter ce fait.

Sophie ouvrit les yeux et sursauta. Christian regarda en direction de la porte et vit sa mère. Il fit se lever Sophie, se mit debout et marcha en direction de sa mère.

- Maman, qu'est-ce que tu fais la ? Tu as oublié l'interdiction ?
- Ecoute Christian, je ne suis pas là pour faire un scandale. Je suis juste venue pour m'excuser.
- La dernière fois que tu as voulu t'excuser, ma femme s'est retrouvée à l'hôpital et moi, j'ai perdu un fils.
- Je reconnais que j'ai dépassé les bornes ces temps-ci. Je ne sais pas comment me faire pardonner…
- Tu  pourrais commencer par sortir de cet hôpital.

Christian s'arrêta devant elle et la toisa de toute sa longueur. Elle porta sa main à sa gorge et déglutit péniblement.

- Je ne te reconnais plus, parvient-elle à murmurer. Où est passé ce petit garçon qui faisait tout ce que je lui demandais ?

- J'ai grandi maman et tu refuses de le voir. Tu es bien la seule dans la famille à avoir jamais pensé que tu pouvais me manipuler à ta guise. La seule raison qui fait que j'ai habité aussi longtemps chez toi c'est simplement parce que cela me plaisait d'être là c'est tout.
- Ce n'est plus le cas ?
- Là n'est pas la question. Il se trouve que j'ai un foyer maintenant. Tu devrais être contente pour moi, mais ce n'est pas le cas. Vas-t-en maintenant.
- Mais…
- Vas-t-en je t'ai dit ! cria-t-il.
- Christian… intervient Sophie, en faisant deux pas dans leur direction
- Ne te mêle pas de cela ! cria-t-il en faisant un geste dans sa direction sans cesser d'envoyer des regards assassins à sa mère.
- Mon fils… écoute moi…
- Maman, je ne veux plus te voir ! Dehors ! hurla-t-il.

Des larmes silencieuses coulèrent le long des joues de la vielle femme. Elle regarda son fils durant quelques secondes et partit, les épaules voutées. Christian se tourna vers sa femme. Sophie était très mécontente.

- Qu'est-ce qui t'a pris Christian ? Elle était venue s'excuser !

- Vraiment ? (il secoua la tête). Sophie tu es trop naïve. C'est pour cela qu'on a pu te faire toutes ces méchancetés durant toutes ces années. Je ne suis pas comme toi d'accord ? Je refuse de me laisser faire !

Sophie s'éloigna sans rien dire. Quelques semaines passèrent et Sophie fut enfin en mesure de faire le voyage jusqu'en Haïti. Ils se rendirent tout d'abord chez ses parents. Sophie fit un inventaire complet, elle garda quelques affaires et se débarrassa du reste. Elle vendit ensuite la maison. Pour la vieille servante, l'une des sœurs de Christian accepta de la garder à son service.

Christian vendit son appartement. Il se rendit à l'hôpital où il travaillait auparavant et mit fin à son congé exceptionnel en démissionnant.

Ils mirent les affaires qu'ils ont gardées ensemble et expédièrent le tout chez eux à Miami. La veille de son retour chez elle Sophie insista pour que Christian l'emmène là où il avait fait enterrer sa mère et sa sœur.

Elle resta debout en silence, devant leurs tombes, pendant quelques minutes. Ensuite elle tira de sa poche une lettre qu'elle avait trouvée dans les affaires de sa mère. C'était celle que Sophia avait écrite à leur mère. Elle se mit à lire.

*Maman,*

*Mes jours sont comptés et je ne peux pas partir sans me libérer la conscience. J'ai commis une faute grave et cela me ronge de l'intérieure depuis plusieurs années. J'ai une confession à te faire. Tu te rappelles toutes les bêtises que tu croyais que Sophie avait faites, tu la punissais toujours même si elle proclamait son innocence. Tu ne la croyais jamais parce que tu me croyais, moi.*

*Je n'ai jamais compris pourquoi tu me croyais, j'étais une piètre menteuse à l'époque. Mais ensuite j'ai appris, je me suis perfectionnée grâce à toi. Je suis devenue la reine des manipulatrices.*

*C'est toi la responsable de mon choix de vie. Tu es ma mère et je n'avais que 8 ans quand j'ai commencé à sortir du droit chemin. Ton devoir était de me corriger, pas de m'encourager. Je blâme aussi papa de t'avoir laissé faire sans rien dire. Paix à son âme.*

*Quand je me suis retrouvée sans un sous, j'ai essayé d'obtenir de l'aide de Sophie, je sais qu'elle est riche maintenant. J'espérais qu'elle m'aiderait, mais elle m'a foutue à la porte comme une moins que rien. Je ne l'en blâme pas. Quand je pense à tout ce qu'elle a subi à cause de moi. J'ai honte de moi, et j'ai honte de toi.*

*Il ne t'est jamais venu à l'esprit qu'elle disait la vérité tout ce temps ? Après l'agression qu'elle a subie, elle t'a dit que j'étais présente et tu ne l'as pas crue. Pourquoi ? Tu penses que quelqu'un mentirait dans ce genre de situation ?*

*Quand tu l'as exilée en province pour une faute que j'ai commise, cela l'a beaucoup peinée. Je l'ai ressenti tout au fond de moi, je l'ai vu dans ses yeux. Elle te suppliait de la croire, elle s'est mise à genou à tes pieds mais tu t'es quand même débarrassée d'elle comme on le ferait d'un vulgaire chiffon. Je jubilais tellement ce jour-là. Cela me faisait vraiment plaisir que tu te débarrasses d'elle.*

*Comment se fait-il que tu ne te sois jamais demandé si ce n'était pas moi la coupable ? N'importe quelle mère responsable aurait compris depuis longtemps. C'était tellement si facile pour toi de fermer les yeux !*

*Je suis malade maman et je sais que je vais mourir. Je suis enceinte et à cause de toutes ces drogues que je prenais, à cause de toutes ces choses que je faisais, je suis trop faible pour porter le bébé correctement, trop faible pour survivre à l'accouchement.*

*Mais pourquoi maman ? Pourquoi tu m'as toujours laissée faire ce que je voulais ? J'aurais tellement aimée que tu me corrige à ce moment-là ! Je méritais le fouet pour tout ce que je faisais à ma sœur et toi tu m'offrais des crèmes à la glace ? Pourquoi ? Mais… Pourquoi ?*

*Tu aurais dû m'apprendre qu'il y a des limites qu'on doit respecter dans la vie. J'ai déviée du droit chemin à un point tel que tu ne saurais imaginer. J'ai exploré de fond en comble le monde de la dépravation. Mon héritage a fondu comme neige au soleil. Je me suis prostituée pour pouvoir acheter de la drogue. J'ai eu une mauvaise vie et je paie le prix en ce moment.*

*Maman, tu as depuis toujours pris parti pour moi au détriment de Sophie. Tu l'as à chaque fois condamnée sans jugement. Si tu savais quelle femme amère elle est devenue ! C'est de notre faute ! Quand, après le viol, tu l'as rejetée pour t'avoir dit la vérité, elle a perdu une part importante d'elle-même. Même aujourd'hui, tant d'année après, elle est toujours coincée dans le passé, incapable d'avancer.*

*C'est ta faute maman. Comment as-tu pu nous faire cela ? J'ai toujours été le mouton noir de la famille. Pourquoi tu es la seule à ne pas l'avoir remarqué ? L'innocente petite Sophie que j'ai connue a disparu pour toujours. Quand je pense que j'ai œuvré toute ma vie en ce sens ! Aujourd'hui, au crépuscule de mon existence, j'aurais aimé pouvoir revenir en arrière pour arranger les choses.*

*Je pleure tous les jours sur ma vie. Je demande à Dieu de me pardonner pour toutes les méchancetés que j'ai eues envers ma propre sœur. J'espère que Sophie pourra un jour me permettre de reposer en paix.*

*Bien à toi*
*Sophia*

- Je comprends maintenant pourquoi tu as eu une attaque en lisant cette lettre maman. Toi qui as toujours pensé que tu avais raison sur tout, y compris ne jamais accorder une petite attention à ce que je disais. J'ai beaucoup souffert à cause de cela. Plus que tu n'aurais jamais pu imaginer. Aujourd'hui, j'en ai marre de souffrir.

  Tu sais, les parents ont l'habitude de dire : « quand tu auras des enfants, tu comprendras. » J'ai des enfants maintenant et pourtant je ne comprends toujours pas la raison de la haine que je t'inspirais. Même si c'était vrai que je faisais toutes ces choses, était-ce une raison suffisante pour te débarrasser de moi comme cela ?

  J'ai décidé de te pardonner, parce que t'en vouloir c'est être coincée dans le passé et ce n'est pas ce que je souhaite.

Pour le bien de mes enfants, je dois te laisser partir. Je te pardonne maman, repose en paix.

Sophie se tourna vers la tombe de sa sœur et des larmes se mirent à couler de ses yeux.

- Sophia, ma sœur. Je comprends enfin pourquoi tu étais comme cela. Je suis désolée si tu as pensé que je te faisais de l'ombre. Cela n'a jamais été mon intention. Tout ce que je voulais c'était une amie à qui confier mes secrets. J'ai longtemps espéré que tu finisses par m'aimer. Mais c'est trop tard maintenant.

  Je suis désolée que tu aies si mal tourné. Si seulement je savais que tu étais malade, je t'aurais aidé ! Je m'en veux tellement pour cela ! Je ne t'en veux plus tu sais. J'ai pu tomber enceinte. C'était la principale source de ma rancune. Je n'ai plus aucune raison de t'en vouloir. Ma grossesse n'a pas été de la tarte mais finalement j'ai donné naissance à un petit garçon. Il a lutté pour rester en vie. Ce sera un battant.

  Ta petite fille a grandi. J'aurais tellement aimé que tu puisses la voir ! Elle nous ressemble tellement ! Je prendrai soin d'elle tu peux compter sur moi. Repose en paix ma sœur.

Ils quittèrent le cimetière. Le lendemain ils s'envolèrent pour Miami et laissèrent derrière eux tous les mauvais souvenirs. Sophie rentra chez elle et trouva Stéphanie complètement guérie de son infection et un fils bien portant qui n'a plus besoin d'être dans une couveuse. Celui-ci fut enfin autoriser à quitter l'hôpital. Sophie avait fait réaménager complètement son appartement pour que son fils ait sa chambre bien à lui.

Christian reprit son travail et Sophie retourna elle aussi travailler. La baby-sitter était aux anges. Non seulement on l'employait maintenant à plein temps, mais on avait aussi doublé son salaire. C'est vrai qu'elle devait s'occuper de deux bébés au lieu d'un seul mais ce n'était pas un problème pour elle, c'étaient des anges.

La vie reprit son cour. Mais il y avait toujours quelque chose qui dérangeait fortement Sophie. Elle ne supportait pas le fait que son mari ne parlait plus à sa propre mère. Un jour, n'y tenant plus, elle se décida à appeler celle-ci pour qu'elles aient une franche discussion. Quand Christian rentra du travail ce jour-là, il trouva sa mère en grande conversation avec Sophie.

- Maman ? Qu'est-ce que tu fais là ? Qui est ce qui t'a laissée monter ?
- C'est moi qui l'ai invitée à venir, répondit Sophie.
- Mais pourquoi ? As-tu déjà oublié ce qu'elle t'a fait ? Serais-tu suicidaire ?

- Assieds-toi Christian, il faut qu'on parle…
- Non. Maman, va-t'en tout de suite… tu n'as rien à faire ici…
- Christian, je t'ai dit de t'asseoir.
- Pas tant qu'elle sera là…
- Assieds-toi! Tout de suite ! hurla-t-elle.

Christian et sa mère sursautèrent. Elle indiqua un fauteuil du doigt. Christian s'assit et attendit. Sophie poussa un soupir à fendre l'âme.

- Je ne supporte plus cette situation, dit-elle après quelques secondes.
- Quelle situation ? demanda Christian
- Toute cette haine, cette rancœur, cela me pèse tu comprends ? Je suis seule, tellement seule…
- Mais, je suis là non ?
- Christian, laisse-moi parler.
- Ok. Vas-y. Dit moi ce que tu as sur le cœur.
- Je suis seule. Mes parents sont morts, ma sœur est morte. Je ne connais pas les familles de mes parents…et je n'ai jamais pu me faire des amis. Toi, tu as une famille, tu as toujours une mère… Cela me fait beaucoup de peine de voir comment tu te comportes avec elle… C'est vraiment l'exemple que tu veux donner à nos enfants ? Tu crois qu'ils se gêneraient de nous traiter de la même manière ?

- Mais chérie, elle a failli te tuer !
- C'est du passé tout cela. J'ai pardonné et je voudrais que tu fasses pareil.
- Mais pourquoi ? Comment peux-tu pardonner après tout ce qu'elle a fait ? On a perdu un fils à cause d'elle !
- Tu n'es pas le seul à avoir perdu un fils ! Je l'ai porté dans mon ventre ! Je l'ai nourri de mon sang ! Tu me vois me complaire dans le malheur comme toi ? On a deux enfants à élever ! J'ai grandi dans une atmosphère de haine et je refuse que mes enfants vivent cela ! Je veux qu'ils aient une enfance heureuse…
- Mais ils seront heureux !
- Ah oui ? En les empêchant de voir leur grand-mère ? Que feras-tu quand ils voudront voir leurs cousins et cousines ? Tu téléphoneras pour exiger que ta mère reste à l'écart ?
- Ecoute Sophie…
- Non ! Ce n'est pas discutable ! Tu vas pardonner à ta mère et tu vas le faire tout de suite ! Sinon, je te préviens, je prends mes enfants et je m'en vais…
- Mais Sophie… tu ne peux pas nous faire cela !
- Je peux et je le ferai si nécessaire…

Des larmes coulèrent de ses yeux.

- Je suis à bout Christian… Toi, plus que quiconque devrait pouvoir comprendre cela... Je ne supporte plus cette atmosphère malsaine... J'aspire a un peu de bonheur... est-ce que c'est trop te demander ?

- Tu n'es pas heureuse avec moi ?
- J'aimerais tellement que ta famille soit celle que je n'ai jamais eue... j'aimerais pouvoir enfin me faire des amies... j'aimerais que mes enfants connaissent leur grand-mère. Moi, je ne sais même pas comment s'appelait la mienne !

Christian se leva et alla s'assoir à côté d'elle et la prit dans ses bras.

- Ne pleure pas chérie... ne pleure pas... tu sais bien que je ferais tout pour te rendre heureuse...

Christian regarda sa mère et celle-ci lui sourit.

- Tu as une femme formidable mon fils. Dès le premier jour, elle m'a tenue tête fièrement alors que d'autres auraient fui la queue entre les jambes. Jamais personne n'a osé me défié comme elle l'a fait ! Quand tout le monde est intimidé face à moi, elle, elle ne l'est pas. Une autre personne aurait accepté mon hospitalité mais elle... elle me tourne fièrement le dos ! J'ai tout de suite su que j'avais en elle un adversaire de qualité. Après tout ce que j'ai fait, elle m'a accueillie à bras ouvert alors qu'elle aurait pu perdre la vie à cause de moi.

Avouer ma défaite n'a pas été facile. Mais c'est un fait. Je ne suis pas de taille à rivaliser avec elle. Christian, tu peux être fier de Sophie. C'est une femme de qualité. Fais en sorte de la garder celle-là.

- C'est bien mon intention maman.

Elle se leva, se mit debout devant lui et lui tendit la main

- Qu'est-ce que t'en dit ? On enterre la hache de guerre ?

Christian la regarda quelques secondes qui parurent une éternité, et, finalement, lui serra la main.

- Et pour Sabine et Emilie ? demanda-t-elle.
- T'inquiète pas maman, si j'ai pu te pardonner, je peux faire de même pour elles.

# EPILOGUE

Christian et Sophie cherchaient tous les deux à attirer l'attention de leur fils. Mais celui-ci, jouant avec son jouet sur le paquet du salon, ne remarqua rien.

- Max ! Alex ! dirent-ils en chœur.

Le bébé s'arrêta et regarda ses parents, indécis.

- Chérie, il faudrait qu'on s'accorde sur le choix d'un surnom pour notre fils. Tu vois bien que cela le perturbe !
- Lequel choisir alors ?
- Je ne sais pas ! J'aime bien Alex
- Et moi, Max.
- Laissons le décide alors.

Ils s'agenouillèrent sur le sol et firent des signes en direction.

- Max chéri, viens trouver maman ! disait Sophie.
- Alex ! viens voir papa ! disait Christian

Le bébé se dirigea vers eux et s'arrêta un instant, un peu désorienté. Tout à coup il courut se jeter dans les bras de sa mère.

- J'ai gagné ! s'exclama Sophie. Ce sera Max !

Le bébé fourra sa main dans le corsage de sa mère à la recherche d'un sein.

- Ce n'est pas juste ! protesta Christian. Il avait faim, c'est tout.
- Mauvais joueur ! accepte ta défaite avec dignité !

Voyant la tête qu'il faisait, Sophie éclata de rire. Christian s'éloignait en boudant quand il entendit une petite voix qui criait :

- Papa ! Papa !

Stéphanie arrivait en courant. Christian se mit à genou elle se jetât dans ses bras. Il se redressa en riant.

- J'ai une consolation. Cette beauté n'a d'yeux que pour moi !

Ce fut au tour de Sophie de bouder. Christian s'installa à côté d'elle avec Stéphanie dans ses bras. Il la regarda un instant donner le sein à leur fils et demanda

- Dis-moi chérie, comment se fait-il que tu ne connaisses pas les familles de tes parents ?
- Je ne sais pas… La seule fois que j'ai entendu parler de mes grands-parents c'est quand Sophia et moi on a surpris nos parents en train de discuter de l'héritage. Ils vivaient complètement isolés de leurs familles. Je ne sais pas du tout pourquoi.
- Tu voudrais les connaitre n'est-ce pas ?
- Bien sûr !
- Je vais engager un détective privé.

- Tu ferais cela pour moi ?
- Oui mon amour, tu mérites de connaitre ta famille.
- Et si le détective ne les trouve pas ?
- Eh bien, cela m'étonnerait, mais si toutefois il ne trouve rien, tu pourras toujours te consoler avec la mienne…

Sophie sourit et embrassa Christian tendrement. La famille de celui-ci débarqua sur ces entrefaites et ce fut un joyeux brouhaha. Tout le monde voulut porter les enfants. En voyant Christian rire avec sa mère et ses sœurs, des larmes de joie remplirent ses yeux.

Pour la première fois depuis longtemps, elle se senti vraiment heureuse. Aucune peine… aucune haine… aucune rancune ne venait assombrir son tableau de bonheur. Elle se sentait enfin libre de vivre et d'aimer. Finalement, la vie valait la peine d'être vécu.

*A suivre...*